元·郭钰 撰

静思集

中国书店

詳校官編修臣吳錫麒

臣紀昀覆勘

欽定四庫全書　　集部五

靜思集　　別集類四　元

提要

臣等謹案靜思集十卷元郭鈺撰鈺字彦章吉水人少負奇氣元末遭亂隱居不仕江西通志稱其于明初以茂才徵辭疾不就今按集中有辛亥秋詔舉秀才余以耳聾足躄縣司逼迫非情因成短句一詩辛亥為洪武四

年盖即其事又癸丑首正詩中有盲廢倦題新甲子醉來謾說舊山川貞元朝士今誰在東郭先生每自憐之句是其不忘故國抗跡行吟志操可以概見又有乙卯新元六十生辰詩則其入明已八年而年亦老矣跡其生平轉側兵戈流離道路目擊時事阽危之狀故見諸吟咏者每多愁苦之詞如悲廬陵悲武昌諸篇慷慨激昂於元末盜賊殘破郡邑

事實言之確鑿尤足裨野史之闕其遺集本藏于家嘉靖間羅洪先始為序而傳之而其裔孫廷照等不知編次之法古近體前後舛錯殊無義例以板行既久今亦姑仍其舊焉

乾隆四十九年二月恭校上

總纂官臣紀昀臣陸錫熊臣孫士毅

總校官臣陸費墀

靜思集原序

桂林郭君彥章自其先世林磵先生得紫陽朱子之學於靜春劉公子孫世守以為家法後來若西磵先生湜溪先生皆能沈潛精敏深有造詣其所自得於先儒之議多所發明彥章固守其家法者也經亂以來遇事感觸情之所至勃鬱於中不能自已則輒形之歌詠或登高而嘯或臨流而嘆扣壺擊節慷慨激揚商歌之聲隱隱動林壑聞者知其為妙也録成編帙間以示余余愛

其題無泛作必有關涉章無羨句必有警發雖其片詞單言特出諧謔然亦未嘗不使聽者為之怡然喜赧然愧其於世道人物天理民彝有所感發是真得古詩人諷刺之義者歟亦其所養固有異於人歟使予序之余非能詩者也將何以為之言哉雖然余於彥章之詩亦不能無所感焉何也國風雅頌大抵皆古之樂章固必以音節為之主而詩本性情者也夫中人之性情不能不有所偏隨其所偏徇其所至則溢而為聲音發而為

言笑亦各有自得之妙焉是豈可以人力强同之哉漢魏而下詩之合作莫盛於唐然凡稱名家文章雖有淺深高下不可一槩論而未有不本於性情掩卷讀之使人自辨未有不得其人之彷彿者此不可强同之驗也以是知學詩者固當以涵養性情為本而不當專求工於詞也而近年以來江湖作者則往往託以音節之似必求工於詞而不本於性情譬之刻木為人衣之寶玉面目機發似則似矣被服瑰奇美則美矣然求其神情

色態出於天然自得之妙者終莫知其所在也又且專
掇取古人一二勝處藻繪織組驟而讀之動心駭目又
如八珍之饌五侯之鯖幾使下筯無可揀擇後生晚進
慕而効之如恐不及直謂太羹玄酒為淡泊清廟明堂
為樸斲又詩道之一變也嗟夫抵掌談笑似孫叔敖豈
果似孫叔敖哉亦强為之詞耳彦章之於詩規矩音節
盡出唐人而不拘拘焉擬規以為圓摹矩以畫方而自
得之妙固在言外此余之所深愛也故書之卷末而歸

之彥章將以吾言為然乎不然乎彥章有經濟能自守觀其詩可見矣洪武二年己酉廬陵羅大已伯剛序

元鄙儒術七八十年間科舉詘不歲下山林之士無他慕因各肆力於文學於是多為古辭詩歌以道己志在吾族鄰而媺者有郭靜思先生與先翠屏諸公倡和往來而先竹軒公及里中宋周李楊諸君子固皆一時傑出者也茲數人者不獨能為古辭詩歌而已尤善測微隱明道理言又足以發之至其處貧遭遇卓然自守不

少湼流俗皆以為當然無用矯强使得一命所立必有可觀顧老於蓬藋不少槩見餘其精神僅寓於聲律可哀也已靜思名鈺字彥章高村桂林人吾族志行甥壯年奔走資筆以為養晚際明興徵茂才辭疾不就年踰六十竟貧死常訪其家孑然無遺獨幸詩歌猶有録者蓋平生經歷時勢艱難閭里流離之狀若目見之所載郡邑失没月日與當時死事故實可裨野史有關懲勸而一時傑出相從唱和又皆世家文獻之徵不忍其泯

没也因校訛舛屬其八世從孫廷昭入梓以傳憶靜思贈吾族秀實詩有云聖賢去我遠糜茲糟粕味當其得意時何如卿相貴嗚呼此詩人所以窮餓終身而不悔也靜思詩未知去古何若然一時傑出者役志止是不亦可以觀國乎靜思酷好泉石所居去余蓮洞三里許吟眺獨未一至將猶少之然歟必有為解嘲者嘉靖四十年辛酉仲夏癸未蓮洞病樵羅洪先撰并書於念菴之止止齋中

欽定四庫全書

靜思集卷一

元 郭鈺 撰

詩

和劉氏蓬軒歌

往與丹丘仙人泛舟弱水之西採藥蓬萊之下笑生蓬總中蓬外春如畫三生不得塵緣謝老去人間結茅舍却羨劉郎所作之蓬軒山水娱人甚瀟洒春風淡沲春

雲陰花枝窈窕簾櫳深劉郎酒初醒獨坐蓬軒吟月浸
澄江雁無影桂樹吹香秋夜永劉郎歌未終更向蓬軒
飲蓬軒飲後醉復吟樓船美人散如烟英雄迴首皆神
仙千金買閑不惜費何日蓬軒容我醉挂衣薜蘿落巖
花蕩槳芙蓉弄秋水夜半天風捲翠濤種來修竹齊雲
高待把長虹繫明月海上重來釣六鼇

題郭伯澄西菴山居

白日上東山晴光射西菴西菴山人開曉關一襟暖翠

濃如染門前流水玉虹明樹上啼鶯金羽輕自掃落花
客初到共題脩竹詩先成十載戰塵迷道路西巷只今
成久住移竹春深長子孫種梅晚歲為賓主丈夫揚眉
天地間山林朝市俱等閒出為公卿入為士古人高節
非難攀閒君近年深閉户烏帽青燈讀書苦劍寒新淬
氷雪光松老終無棟梁具西巷山深竹逕微我來欲共
薜蘿衣一朝富貴逼君去燕雀空羨冥鴻飛

採蕨歌

朝採蕨南山側暮採蕨北山北穿雲伐石飛星裂手脚
凍皴腰欲折紫芽初長粉如脂瘦根盤屈蛟蛇結呑聲
出門腹已饑猿啼風擺藤蘿衣長鑱短笠日將暮攀援
垠堮何當歸朝採蕨暮採蕨東隣老翁更悽惻抱蕨轉
死長松根妻子眼穿泪成血情知世亂百憂煎得歸茅
屋心懸懸癡兒啼怒炊烟晚打門又索軍需錢君不見
將軍擁旌節紅樓夜醉梨花月

畫山水歌贈楊彥正

憶我往歲山中居山水娛人忘讀書釣魚獨坐溪石久
看竹每過隣人居蒼松鶴帶白雲下紫蘿猿抱晴煙虛
而我扶醉騎蹇驢誰人不道似是浣花之畫圖自從喪
亂走南北甚欲畫之不可得楊君揮翰頗風流雲山為
作秋三疊寒鴉隔浦淡微茫老樹懸崖交屈鐵門前芝
草澗中石稚子松根採殘葉知君所畫非青原令我展
轉思故園山橋野逕宛相似桂樹正對梅花村清秋毫
末瘦蛟舞白日座上銀河翻問君何得最奇古十載苦

心思董元董元舊住浙江上門對吳山聳千丈有時登高望海潮老懷揮霍增雄壯遺跡百年今盡忘戰塵千里吾安往但將此畫掛高堂清秋卧聽松風響

題秋江送別圖送楊亨衢少府叅安戎軍事

楊少府紫騮馬黃金鞭團花戰袍綉兩肩腰下雕弓懸迥若秋鷹解絛鏇縱之颯颯凌千仞之蒼烟酒酣拔劍玉龍舞唱令西飛白日回中天簸海腥風白波立壓空殺氣玄雲連緣邊諸將亦無數晝擁旌旗夜撾鼓豹韜

合變侍叅謀太守掄材君獨去送君江上君甚懽江風吹雪蘆花寒知君心事如秋水故應寫入畫圖看問誰畫者謝君績不畫琵琶美人泣舟子揚帆發棹歌主人解劔停盃立我亦從軍今四年男兒姓名何足憐老親白髮長相憶只得還家種薄田

送友人從軍兼呈謝君績叅軍

歎息復歎息歎息長書空殺賊 五年無寸功今者又送君從戎七星戰袍襯金甲三山尖帽飄猩紅牙旗曉發

玉花驄猛士雙劍立西東爺孃妻子不用哭上馬更勸
黃金鍾黃金鍾琥珀濃豪氣千尺搖晴虹明日軍門揖
主將論軍未可皆雷同安成之寇容易攻廬陵凋敝遺
民窮自非奇謀決擒縱煩費日久誰當供君家伯仲盡
年少正好變化扳飛龍頗聞幕府多才雄為我問信毋
匆匆我有大羽箭不殺南飛鴻要如魯仲連繫書射入
聊城中秖緣骨相不受封不如扁舟歸去長伴滄浪翁

鸛將雛同李文麟賦

鸛將雛顧雛長結巢千尺蒼松上自矜毛骨殊凡鳥不敢向朝哺夕抱羽翼成風鶴雲鵬共還往挾彈子窺巢攫其雛雛小豈能充爾腹老大育子恩勤渠荒村風雨母歸急空巢深鎖寒煙孤哀鳴上下尾畢逋人之愛子皆若予鴟鴞鴟鴞無處無君不見黃雀何足道楊寶飼之玉環報

貽郭恒

月懸松露明鵑啼浦烟破遙想山中人此時正思我我

行忽墮滄江邊度盡春風無一錢向來自是釣鼇客至今思拍洪崖肩洪崖不可招蓬萊在何處鋪遍閒愁芳草路千樹緑隂晝如雨錦字書成人不來銀燭花殘誰與度近日聞君多好懷雪色白紵佳人裁小樓紈扇低徘徊釀酒好近榴花開榴花開我歸來

效范先生侏儒行

君不見侏儒長三尺有錢可使粟可食虎豹天關深九重直犯龍顔請恩澤方朔昂昂饑欲死每一見之長歎

息長歎息將何如東家之丘九尺軀徧走天下無停車絶糧於陳逐於魯皇皇何用三千徒嗚呼皇皇何用三千徒吾寧飽死作侏儒

春夜寒

余值時危一窮到骨薪米不給恒自謂不敢僥倖今春雨雪連旬擁牛衣以熬長夜寒砭肌骨遂成痁瘧可慼也哉貧而無怨聖人以為難余今雖怨其又奈何發為歌詩私寫以示平昔之

窮交庶幾知已不為時貴所笑云

春雨暗空雜春雪閉門十日紅爐絶寒壓破衾夜悽惻
鼓角聲酣千轉側苦竹蕭蕭茅屋欹懸崖磔磔啼猿切
蒼檜拂風不自支碧桃醉曉何由得吞聲强起添牛衣
接迹不如投蟻穴立登霄漢奮長策死填溝壑抱奇節
奈何貧病相驅迫少壯幾時頭欲白更闌山鬼瞰孤燈
火攻水戰骨如折隣曲尋常疎往還妻孥劬瘁忘梳櫛
謬筭平生坐不耕時危况復山河窄汗馬白丁樹功勳

儒冠俯仰無顏色讀書忍作公孫諛種菊願依陶令宅
志士百年慎語默誰云出處輕如葉每想淮陰酬漢恩
但欲功名垂竹帛國士從來不易知解衣推食寧為德
悠悠今古誰知心慷慨高歌唾壺缺君不見凍雀紇干
栖一枝彩鳳崑丘翺六翮

題三顧草廬圖

畫史紛紛滿天下君之此圖誰所畫倚山茅屋野人居
門前何得將軍馬得非孔明臥隆中坐令玄德來趨風

十載烟塵戰羣虎一朝雲氣隨飛龍英雄契合人莫測
宛如魚水懽相得抱膝長歌梁父吟上馬已無曹孟德
三分割據功業成用之惟在知人明千鈞漢鼎懸三顧
丹青欲寫空凝情嗚呼河北二十四郡墮名城君王不
識顔真卿

母棄子同劉茂才賦

母棄子子幼情可憐子長母還去為子宜思徯龍争虎
鬬事翻覆寶玦王孫捐骨肉十年母子安茅屋菽水真

情無不足奈何一朝辭故幃子也慟哭牽母衣母今棄兒不敢怨父在深恩母當念母如不聞竟不留黄昏門掩青燈愁負米歸來飲殘泣他家兒女何綢繆噫嘘嚱邇來萬事足悲咤負德辜恩滿天下丈夫盡為温飽謀婦人何得毋重嫁

題歐陽先生段君墓誌銘後

翰林歐陽公文章滿天下段君墓碑親手題美玉精金動高價雄詞傳世發幽光奇氣騰空照長夜段君有子

渥洼馬榮親何待為鄉亞白雲山空心共飛辛樹雨寒
泪盈把嗟我邑子栖林野白鷺青原徧儒雅今晨始得
讀君碑才名豈是尋常者鐘鼓清時金谷園衣冠前輩
洛陽社人間萬事力可為子孫振耀古來寡君家舊德
今見之復使鄉邦共悲咤何時却得拜君墳臨風絮酒
哀悰寫

題羅子澄所藏乃父晉仲文學桂林圖

我觀桂林圖喜極翻長吁江山城郭不盈幅恍若經行

千里餘官遊往歲羅文學此圖正為思親作戲綵魂飛
白鷺洲望雲腸斷楚王閣自從南北吹戰塵邊鴻不到
江魚沈有子芳年滯鄉國長日攬圖思桂林父在桂林
獨思母子今思父更愁苦太平干祿為親榮今日官高
渺何許玩君此圖神凜然忠臣孝子無後先一家骨月
眼前好百歲功名紙上傳君不見太真來作南洲客禿
衿老泪傷頭白

龍伯淵席上和周子諒長歌兼呈諸君子

伯夷登西山魯連蹈東海烈士懷苦心海枯石爛終無改蕭蕭華髮吹秋霜夜煮白石充饑腸人情俯仰今異昔惟有青山似故鄉桐江江上一携手公子華筵誰不有賦筆每慚崔顥詩持盃願飲茅容酒銀燭花高照座空笑談頗有前賢風好懷傾寫向誰是或執蝘蜓嘲神龍老我疎狂眼常白欲麾凍蠅清凡格不須浪說管鮑交眼中誰有真顏色百年聚散如搏沙東風燕子還西家羣仙天上擷飛霞君歸好醉瑤林花

送王醫

東風吹樹千鈞力怒勢呼號兩相敵回飈蕭颯入霜林敗葉紛披散無迹老夫倚杖長歎息百年三萬六千日莊生齊物物不齊誰鑄紅顔等金石王君笑我何太痴太極初分有伸屈天根月窟窺端倪靈臺天迴丹光溢奈何寸地攢千兵朝似瓠肥暮如腊自非一氣回孤根宇宙幾何皆鬼蜮乃知燮理藉登庸瘡痍變作謳歌入感君此言足才識知君用心渺難及君不見長生之藥

蓬萊多從君歸去君如何

贈峽江王巡檢

淮海龍飛乘五雲攀鱗附翼多殊勲英雄變化不知數
我今獨識王將軍將軍好武稱第一慷慨功名年少日
劍術出奇愁白猿兵符借重祠黄石近報三軍掠薊丘
萬馬夜渡黄河流將軍豈徒成一障成功獨早還優游
巴丘官衙俯江水兩屽人烟鬱蒼翠不隨李廣獵南山
却向揚雄問奇字雕弓羽箭挂前除座中賓客多文儒

煮茶烟細浮蒼竹把釣江清出白魚人生宦途須適意
大隱從來在朝市將軍美譽播南州纏腰騎鶴徒為爾
君不見淩烟閣上開畫圖褒公鄂公氣骨殊君臣際會
總如此嗟我閉門空讀書

題追風圖

百金曾買櫪上駒權奇神駿人間無奚官絶力相控制
出門已空千里途大明殿前早朝罷揚鞭半是追風者
君不見狒狼獻天馬白髮江南今見畫

題宋仲觀所藏竹圖

王猷愛竹借竹看何如寫此青琅玕筆分雲氣千畝足
窗涵風色三秋寒淡枝濃葉歲年久能使良工名不朽
君不見長竿千尺餘世上誰為釣鰲手

題劉履初所藏莫慶善鷹

日光懸秋雙翮齊欲飛不飛愁雲低足無絛鏇腹無食
空林尚恐難安栖筆力精到天機微莫生所畫詩我題
君不見天下太平角端語狐兔草間何足數

送來陽李中卿

干禄自為通滔滔逝水何時窮隐居自為介慘慘龍泉閟光彩何如來陽李中卿出也處也俱光榮往者時危曽學武彎弓射殺南山虎一朝姓名貢玉堂朝回滿袖攜天香秪今辭官歸舊隱五柳先生住相近石逕掃苔客正來荷亭置酒花半開清夜夢回思舊事天語温存猶在耳却從雲氣望蓬莱百年窮達安在哉人臣大節保終始滿眼官寮少能似泰山峩峩河水長君恩於爾

不可忘嗚呼君恩於爾不可忘

題郭元振所藏魚卷

往者觀魚曾泛洞庭舟鯨飛蛟舞令人愁不似君家
新畫滿眼潑潑仍悠悠風急欲牽流荇碧窻虚可數金
鱗客柳花吹動浪微生雲氣流空墨猶濕不須把釣凌
烟波對此其如秋夜何萬頃波濤翻白屋長篙棹月來
相過君不見聖代恩波及魚鳥久矣黿龍在宫沼池邊
試問吮毫人壁間變化春雷曉

送王葬師

南山改舊隴北山開新塋行人路上揔稱好誰其相者王先生王先生雙眼明吾聞其語心為驚江山隨運有遷改人物乘機分重輕指揮能事覈玄化何必長抱青囊經嗟余獨居環堵室每一見之長歎息君家科第舊聞名自經世變嗟何及河南南陽多貴人長平坑卒無哭聲星翁筮史常相過專門堅白吾何憑衡嶽由來凌絕頂青山有盡雲無盡更百千年似眼前春蠶畢竟誰

為枕東家求富西厭貧倒屣相迎如父兄伯牙抱琴子
期聽傾人意氣輕千金秋風江上君重到為君酤酒開
懷抱杏花春早日邊開松樹歲寒雪中老

和李子晦

大鵬高飛絶南國萬里扶搖六月息歸來老屋翫圖書
細看箕疇終用十飄飄美人貯八斗凜凜長身逾九尺
技學屠龍未能試桑田成海嗟何及游泳詞林醉六經
熟路何資鞭辟力子陵不報故人書商翁終為太子客

嗟余抱病深山深慚與比隣少相識破硯秃筆那復存
惟有當年無孔笛四海交游晚得君不意於余情最密
花落花開能幾日終不如孟郊韓愈為雲龍上下東西
不相失

戲惱王岳

春鳥啼春烟春烟醉春色花下彈琴酒微熱白日千年
秘丹訣誰憐曲未終花落絲絃折麟角煎膠不可得緑
楊春夢愁千結鏡奩絲碧網蟲懸銀燭心灰泪痕滅青

樓歌舞艷名都年少雖同情各别暮雨凄迷青鳥遲東風摇蕩游絲白雪羅小扇不堪書腸斷桃根與桃葉音塵隔露瀉瑶堦踏殘月金鞍駿馬洛陽陌玉樓十二珠簾揭鴛鴦野水空愁絶玉樓十二神仙客

控郎馬酬别蕭茂材

控郎馬妾心悲留郎駐郎苦辭少年只願封侯早不惜蛾眉鏡中老銀鞍金勒珊瑚鞭白水青山千里道控郎馬郎駐鞍郎飲莫須盡酒醒郎衣寒郎心懸懸五雲下

教妾若為控郎馬馬蹄好向御街行蛾眉不向粧臺畫

長相思

長相思相思者誰自從送上馬夜夜愁空幃曉窺玉鏡雙蛾眉怨君却是憐君時湖水浸秋藕花白傷心落日鴛鴦飛為君種取女蘿草寒藤長過青松枝為君護取珊瑚枕啼痕滅盡生網絲人生有情甘白首何乃不得長相隨蕭蕭風雨喔喔雞鳴相思者誰夢寐見之

瑶花 花白色而變殘紅而碧

瑤臺仙子初相見迴立天風飄雪練東華夢破歸去遲
素衣揔被緇塵染芳心不委春蝶狂水晶簾捲凝清香
胭脂洗紅留殘暈海雲剪碧浮霓裳揚州璚花舊同譜
零花誰知到南土聞君愛花最有情亭臺五月清無暑
君不見花開今日多有酒不飲君如何

秋夜讀劉昕實旭子夜歌因效其體賦三章

子夜歌歌聲苦短情苦多幾回待月月輪缺月當圓處
仍虛過銀燭窓深炯殘照玉釵半脫羅幃悄琵琶學得

奉君歡祇今彈作思君調

子夜歌歌罷其如明月何牽牛織女永相望不教精衛填銀河妾心本如秋月白妾顏不共春風發玉兔擣藥三千年近見嫦娥搔白髮

子夜歌承君蛺蝶雙花羅羅衣秋來不堪著梧桐樹上涼風多銀燭作花好消息又想歸期在明日并刀不剪相思愁相思誤盡曾相識

桂林樵者為邊季節賦

月中桂樹三千尺吳剛斫之不能得桂林樵者今如何
萬頃秋山白雲白樵者早年才力高論詩自許詩中豪
前輩衣冠識文獻中年詞賦含風騷詞林藝圃渺無極
擷秀采奇隨所擇袖中玉斧光芒寒眼前不用生荆棘
舊來種桂高成林團團十畝懸清陰明月流輝夜如水
西風吹夢香浮襟客來有酒林下酌酒酣共説歸樵樂
江上漁翁尋舊約一聲長嘯山花落君不見南山捷徑
芳草迷東山別墅寒鴉飛明朝若遇圍棋客斧柯爛盡

君無歸

哭胡洵

（從楚金往峽江死焉）

胡洵早年甚心苦自云恥與諸生伍讀書不免四壁空世亂還須用吾武拓戟開弓筋力强一聞殺賊心飛揚無官不得騎官馬褰旗走下千仞岡玉筍山前水流血白日不回大刀折勝敗明知不可期廬陵要使多忠節我來哭君泪滿衣君母老大君兒痴揚旗撾鼓徒旅去孤雲落日精魂歸丈夫樹勳當許國一死如君獨悽惻

君不見武昌兵八千盡向淮南看明月

曹居貞進士月下彈琴圖引

秋風蕭蕭秋月滿林彼美一人匡坐彈琴我一見之傷我心問誰畫者天機精碧天瀉銀漢思入秋冥冥不聞絃上聲流水高山先有情想當美清夜音響何泠泠石泉寒激山間深玉佩早朝天闕明月滿洞庭白鶴唳霜飛巫峽玄猿吟畫師真好手神妙豈在論丹青我獨不見薰風奏虞廷螳螂殺心紛相仍烟塵鞞鼓迴風腥我

欲破琴絕絃獨攜白石高卧長松陰重為告曰美人兮
美人抱琴自古求知音
同李主敬賦周煉師漁樵耕牧詩四章章十二句
子何為漁碧海之丘長虹為綸月為鈎六鰲昂首愁相
向眼看海水不揚波扁舟穩繫珊瑚柯邂逅徐家兒與
女拔劍屠龍共君煮烟淡淡雨疎疎人間彈鋏食無魚
吁嗟歸來乎吾與爾漁
子何為樵閬苑之東璚林玉樹朝露濃携斤剪盡荊棘

蔾松下童子知何客長日圍碁看不得笑殺呉剛愁滿
霜千古桂枝碍明月石磊磊路迢迢人間餓火燒心焦
吁嗟歸來乎吾與爾樵
子何為耕瀛洲之曲玉山分雨秧苗緑蒼龍為耘虎收
穀炊烟晨起蒸為雲銀河晝洗塵沙昏釀成九霞為君
壽何必休粮苦長瘦草青青樹陰陰人間作苦秋無成
吁嗟歸來乎吾與爾耕
子何為牧蓬萊之麓自駕青牛度函谷鶴羣麀子還相

逐芝草松間長未齊紫苔竹下行迹迷南山羣羊化爲
石日斜歸去空無携水泠泠山簇簇人間岐路往還復
吁嗟歸來乎吾與爾牧

寄彭中和

君來桂樹林我辭桂樹去桂樹我所種高大已如許六
月濃陰匝地緑不待花開可娱目駐屐從穿石上苔題
詩况有墻西竹小弟愛客開素襟兩載於君情最深短
棘本非鸞鳳棲長琴每作蛟龍吟君昔少壯抱奇節荏

苒風塵頭欲白道義交從久更真風月笑談常自得江西詞賦多才雄知君已有中唐風汗馬功名屬年少且可草服山巖中海棠牡丹都賞偏磊落珠璣滿詩卷我獨天涯饕俗塵白紵每愁顏色變丁寧小弟毋我違南阮雖貧頗自奇桂樹花開新酒熟作書報我歸如飛

題邊桂節所藏雪夜訪戴圖

雪光兩岸流素月扁舟江上神仙客畫史相傳回棹高致恐風流變蕭索何如入門各盡歡主翁有琴為君彈

梅邊醉潄瓊瑤寒絶勝怱怱借竹看

同劉伯貞題袁氏寓軒

穹窿攜白日百年幾旦暮變滅乘化機萬物孰非寓鴻濛不可超金石豈為固況茲無根蔕自當隨所遇聞君闢西軒儵立延佳趣種竹新作林移花整當户蛛絲閃晴輝青松沐朝露久客賒酒易親舊時相聚臨眺登崇岡故山渺何許月明金鳳洲夢魂自來去少陵浣花溪管寧遼東路當其適意時何必皆吾土干戈尚未已丘

圜安得住雪泥留鴻跡華表遺鶴語茫茫宇宙間蟻垤終誰據我亦東西人長年忍羇旅相從豈云遠即此馳音素須留酒一罇剪燭聽春雨

芹寓為安成彭伯圻賦

泮水過新雨官墻度晴雲於焉沐膏澤素心託芳芹悦玩永朝夕采擷奚足云淪漪映寒翠光風泛微薰野人分有限安敢獻大君聖化之所濡生意何欣欣上林滿春色懽樂非所聞始知君子心希聖良獨勤紛華念俱

絶淵源思不羣願言美真味盛德在斯文

心雲詩為羅宗仲先生賦

浮雲南山起還復歸南山騰騰駕輕風悠悠度松關仙翁坐盤石心與雲俱閒冥觀玄化初吹噓膚寸間蒼龍變神化為雨徧九寰六丁封江湖空捲驪珠還無心乃無物瑤琴相對彈

袁州有警不見舍弟銈消息

客行何倉皇挽衣問消息答云避寇初元戎先我出我

峩宜春臺列火半天赤雙龍蓄雲雨不救烟焰赫城中
千萬家大半殲鋒鏑前者見令弟少髭而白皙語語達
人情謀身豈云失間道茍無虞生死候明日倉卒棄吾
兒君弟我何及揮手謝客行奮飛恨無翼復恐老親聞
黄昏掩殘泣
壬辰閏三月初三日銈弟歸因録其語奉呈楚金
諸君子
入門伴母啼出門聞鵲噪握粟卜靈龜之子歸已到餞

走涉一旬形容盡枯槁閭里共歔欷且慰慈闈老問答憚語煩客滿始相告羣寇竊無人鼠穴竊剽盜承平宿將死戰守自顛倒九江咽喉地戎卒何草草宜春坐不救吾土敢相保惟當學義旗戮力事誅討賊衆亂且嚚一舉秋葉掃廬陵忠節邦足以正窮昊鬱鬱英雄姿封侯何足道惟我最迂懶閒之展懷抱振衣舞龍泉請作三軍導

靜思集卷一

欽定四庫全書

靜思集卷二

元 郭鈺 撰

詩

重過胡洵宅 洵字宗美

入門見桂樹出門問桂樹桂樹相送迎主人竟何處高葉鳴悲風踈花落殘雨獨立黄昏烟思遠天涯路

東王志元四首

山深草屋寛溪迴樹隂緑脩脩圖畫開斯人美如玉芝草長未齊今晨雨新足開門掃落花坐石看修竹天游邈難知避世何忍獨白雲歸未歸借我半間屋

戰塵暗南國白日無晶輝客行何憭慼途窮不忘歸語及國家事老氣晴虹飛朝飲南山水夕採西山薇嗟彼反側子捐軀遂輕肥寒餓良細事大義有是非

叢蘭被幽谷紫莖含露滋山深寡行跡甘同秋草萎春風偶披拂遂為高人知高人不敢佩持以慰所思紅塵

紫陌閒灼灼桃杏姿人心各有愛遺之亦何為

海月上蒼茫照我中庭正香霧出簾遲微風動花影泠泠綠綺琴拂拭塵埃淨一彈作新聲再彈成雅韻三彈曲未終感激誰與聽肅衿遲子來無負春宵永

同周愷子諒賦老人會詩二首

時危親戚散況乃多賤貧睠茲老人會為樂難具陳生子競榮達志養俱獲伸朝出共寮采夕歸為比隣異姓歡愛洽不殊骨肉親起居迭相送惋愉盡情真繄我豈

無母半菽長苦辛願言敷治化枯槁皆同春
板輿度晴陌綵服迎春風今日良宴會慈顔和樂同翠
翹髮垂素錦蕋花綴紅萱草春日好栢樹雪未融縹緲
瑤池母並集蓬萊宮自非有令子世亂徒飄蓬於焉倘
錫類頗勝平反功乃知晉潘岳閑居賦未工

送王鎬之邵武省親　鎬字仲京

青青楊柳陌之子晨巾車去鄉不云苦攬轡馳復驅嚴
君守名郡長懷音問疎再拜問起居千里歡有餘綵衣

捧緑酒紫袍映白鬚上言尚書軍聲振東南隅下言太
夫人年高色敷腴我雖邑子賤問信抱區區官寮展良
覿見子文采殊定云渥洼水生此汗血駒故家三槐樹
功名遂良圖願言慎徒旅令德忠孝俱

將歸桂林留别王志元劉象賢二首

耿耿念慈闈戚戚别親友屏營臨交衢淚下多於酒去
留兩不忘衷腸亦何有道誼託襟期取别無新舊荏苒
風塵中會面何時又好為頻寄書毋使長回首

志士慎唯諾况乃出處間白圭微有玷噬臍良獨難富
貴非茍得貧賤當自安干戈今若此誰測衰盛端明當
為遠別為君吐心肝顧言保貞節深居且加餐

和王鎬仲京自閩見寄兼簡歐陽文周

我惜晩聞道靈臺雜主客冥行不知津臨危始求揖年
邁悟前非端居寡娛悦聖賢迪遐軌中道豈容歇駑蹇
不受鞭出門有難色平生歐陽子肝膽無楚越宿昔諧
素心窮達勗貞節結交得斯人焉用復多閲王郎晩相

逢更覺才情別泳游文海中深淺力窺測欲振蓬萊音不同箏笛咽老氣蒼旻高雅懷秋水潔蒹葭摧折餘幸託瑤林側奈何風塵起干戈積歲月牛衣卧空谷長夜獨愁絶自君入南中扳附不可得昨蒙求友篇情誼何淪浹恨無凌風翼就君共劇切鬱鬱長相思秋月幾圓缺持報愧琅玕永言銘厚德

濠石晚樵因簡李撝伯謙

出山復入山流泉遞迎送暝入黃葉深濕分白雲重荊

棘攢徑危側身抱深恐春花自芳妍春鳥自鳴哢悠悠徒旅間何由免寒凍老親嗟我勤歎息中腸痛肩賴只自憐囊罊當誰控學劍惜已遲讀書亦何用國步政艱危高官選才勇李君舊知己風格鬱清聳光佐匣中龍文采雲間鳳庭闈壽且康甘旨日相奉避地雖云同樂事誰能共知君懷遠畧臨機不妄動戰爭奈未已發策必奇中何當展才力青雲縱飛鞚

聞龍興警報有懷歐陽奎

君子憂朝廷野人念親友攘攘吹戰塵金湯無固守自聞消息來十日不飲酒生死不可知何論别離久秉心思潔身饑寒且東走涉患始還鄉還鄉復何有咄此將奈何迸泪空回首

悲廬陵

至正十六年丙申冬袁州兵逼城屯藤橋丁酉正月義士廬陵陳瓘出屯城北之青湖二月吳都事命兵校明某下桐江計事不報入蘭溪白

不至五月桐江李彬誅六月袁州兵退秋明某
歸遂以其屬屯太和之永和十一月明某矯殺
騎將林巴延武端不問十二月全參政晉其部
將某某戊戌正月朔庚子戊午參政兵亂逐鎮
撫吳林三月梁太守率安成兵自去冬侵掠北
境旦暮至四月至桐江五月初四退初十戊申
分宜義士袁雲飛導沔兵至桐江己酉義士劉
照與戰於吉水之灘頭庚戌明某以都事之衆

降辛亥傳于城録事張元祥與攝監郡雅某降
全叅政奔贛裨將降叅謀鄉貢進士吉水蕭彛
翁死之是日陳瓘名安成兵入城六月吳都事
將其屬居吉水之蘆垗此吉安再陷之畧也
峩峩青原山洋洋白鷺水炳炳照輿圖磊磊足多士四
忠與一節流風甚伊邇往者舉義旗事由匹夫始連兵
七年間省臣兼節制朝廷寄安危幕府保姦宄勢驕改
令圖反側久窺伺紅旗溯江來羣雄盡風靡今日責降

人昨朝清議子奈何英雄姿因之穢青史朝為龍與虎夕為狗與彘流芳動百年遺臭亦千紀嗟余父母邦何忍獨深訾所恨寧馨兒磔磔不得試賴有蕭絛謀殺身刎深恥我欲裁白雲緘情問生死哀歌裂肝腸臨風泪如洗

秋日撥悶

疎烟點寒蕪落日低茅屋哭子淚未乾哭女聲相續喪亂多憂虞生死何榮辱獨憐白髮親無以娛心目小姪

早煢煢歲艱鈌饘粥數椽燹火餘鬱憂忍相戚余辜信有之天意亦云酷桂樹萬黃金可玩不可蓄貧富非我能出處從誰卜買臣非漢武負薪終碌碌側聞西山巔薇蕨寒猶綠倚樹畫軒楹顧依白雲宿

送羅彥思往閩中候迎大父

天倫有真樂家慶傳新圖人生百年內于焉始為娛爾翁老京國風霜搖鬢鬚爾父奉慈闈干戈沈里閭豈無饘與粥朝夕不得俱眼穿孤飛雲心折反哺烏近者消

息眞萬里神明扶沈思供子職內外懸君軀投袂出門去父母何勤渠朝迎暮望返少壯輕畏途見翁問起居同舍相驚呼孫已如翁長子應似翁癯時危久離別會面當何如歸期諒不遠春酒為君酤再拜千歲壽親戚多懽愉鄉相何足道勝事世所無願言愼前路明發毋躊躇

送別郭恒

作客似楊花送別楊花側楊花風際飛那復計南北曉

棹洞庭波暮鐘廬阜月應笑山中人閑門頭雪白

夢覺

風舞參差花月照往來道十載不相逢恍然共懷抱計年華髮生何得容顏好近事雖難知舊愁忽如掃奈何微醉醒雞唱心如擣情知夢非真頗恨覺來蚤瀟瀟風雨聲離思滿芳草

題贈溪上翁　淦邑柘鄉宋氏

白髮溪上翁結廬溪上住風暄花滿衣水暖魚吹絮隣

曲相邀留酒酣獨歸去忘却釣魚竿掛在垂楊樹

和郭恒

罷釣澹忘歸看花北山谷不知春事深黄犢無人牧對酒斫白魚題詩滿青竹鄰翁記疇昔笑我剜節目苟免征戰危敢避泥塗辱明日有餘樽候君到溪曲

大雪中羅伯英見過

大雪破絮温高眠及辰已忽聞扣柴扃不語知竒士獨行何飄翛海鶴乘雲氣玉界璚田中神仙足風致云何

剡溪船高興一特廢貧家飯脱粟菘韮自無倫且復倒
餘樽燎衣語文字聖賢去我遠糜茲糟粕味每當得意
特何如卿相貴人生俱有營俯仰期無愧寇鄧列雲臺
嚴陵釣江涘不聞青史間馳議相軒輕嗟我窮巷子賓
客少能至況茲風雪中屢屢見君意感歎不可留臨分
更攬袂回首北山巔松栢鬱蒼翠

甲子

淵明賦歸去正合書義熙衣冠晉江左寄奴我何知春

秋乾候筆凡例日星垂誅心雖探微臨難將安施乃書

甲子知當在永初時古人日已遠澆風日已瀉空餘五

柳樹蕭瑟西風吹

語童子

童子携春衫好去換春釀鄰翁來相過林泉共幽賞移

席近花間題詩在竹上垂老惜交情毋令黙惆悵

别羅昶

少小涉憂患未老容鬢改任情墮踈慵事往不可悔旅

食玩炎涼屢空壺光采出門誰與言見君獨長慨幽蘭閟秋香空谷若有待霜露淒以零明日誰當采山雞因樊籠羽翮日以鎩見者不憐傷雲山渺何在今人不我期古人不我待琴聲發鏗鏘劍光吐奇怪得奉君子歡綢繆涉三載去去憐此辭良晤何由再

與客談鄒超因賦

鄒超一白丁凜凜節士操揮戈回白日日沉戈亦倒使其綴朝班不愧國中老遂成薛侯名宇宙忽新造煌煌

天使星輝光照窮昊老守衆所推深意完城堡判筆負
所期丹心向誰告城中百萬家稽首忠厚報薛侯今有
孫家聲宜自保鄒趙不再見耆舊傷懷抱臣各為其主
生死盡其道我生百年後俯仰憂心擣側身望青原寒
烟黯秋草

齋居苦熱以大盆盛水置前坐卧對之心目清朗

是亦用水之義也

炎埃不可掃何以清我懷銅盆汲寒井捧盆置西齋咄

嗟一室內滉漾江湖開風漪浮席動雲影入窓來一清挹衆綠涼意浮庭階雖無瓜李設即此權相陪來客盡君子淡交性所諧嗟彼附炎者長路迷黃埃

早秋陪楊和吉曉登前山望桐江

白鶴導晨從涼飈起林杪振衣凌高岡極目窮幽眇蕭蕭草樹秋歷歷人烟曉依微玄潭覿羣仙在林表下有塚纍纍世事誰能了桐江匯章水晴漲何渺渺曾不瞬息間一帶縈沙小無恠豪傑區烟蕪怨啼烏盛衰兩相

乘玄悟良獨少君今脱塵羈相從得閒眺題名劖石苔
借蔭憩叢篠白紵含餘清稍覺心情悄山市門初開飛
塵已紛擾

閏七月十六日山中早發

宿雨剩微凉游雲弄新旭客子將出門陰晴苦為卜驅
車涉前途今夕投誰宿雨久愁躋攀日長畏炎燠使無
塵故縈在家貧亦足天意詎得知疇能遂所欲俯看山
徑泥來往滿新躅

秋夕王楚善過宿

片雨洒空庭梧桐響殘滴窓户涵清風孤燈夜寥闃渺懷平生親睽違不相識公子幸過從為之長歎息意曠塵慮空語到聰明入山逕披榛蕪晤言永今夕物變心自傷事往嗟何及遠大與子期無踵炎涼迹

和宋時舉見寄

浮雲不為雨出岫期無拘蒼龍偶借勢影迹隨風除懸知市朝上不似山巖居送客限門外嗟彼馳交衢為農

甘沒世何必衣冠儒君居崆峒上自與人事暌清高浥
沆瀣念我纏寰區託交匪朝夕無論出處殊山水有佳
趣且此寧君軀

聞周子諒訃

丈夫志耿介臨别仍傷懷況兹泉臺路一往不復回憶
昔送君去知與素性乖微官淹歲月悲風從天來老淚
為君盡寸心為君摧士林黯憔悴功名安在哉始知稽
阮輩甘心沈酒盃

十二月初三日大雪與同宗弟文昌飲饌時忽落一齒遂賦

垂老驗盛衰深憑齒與髮髮白歎吾衰齒落衰已極利害髮不任養生資齒力無問藜與藿得以娛朝夕次第相動搖世事嗟何及吾舌雖云存苦乏儀秦術脩短未遑徵得酒姑自悅天公搆巧思六花舞飛雪倏盈還忽消鴻爪無遺跡古來豪傑士文字畧相識是非紛與奪視今如視昔寄言後來者人生當自適

峽江道中

去鄉已百里避地何時轉歷歷墟里殊稍稍語音變妖狐似鬼啼落日人煙遠遙睇層峯高平地是交戰流水為誰哀嗚咽相迎餞

過羅仁達别墅

架石東飛濤結廬枕幽谷縹緲紫翠間孤松立雙鶴主人坐清陰候我渡溪曲盤渦摶落花茶烟出幽竹相對淡忘言月明山下宿

二月十八日龍州夜渡

江波展素月好風吹衣巾扁舟動寒碧恍朗開金鱗心清挹流灘神遊挾仙真獨恨迫兵火倉皇來問津豈不欣所遇終焉銜苦辛君王甚神武何時息戰塵歸舟如到此月色應更新為君換美酒長歌酬江神

送別李騰還鄉

別離古云苦況值兵未休慈烏夕反哺蝮蛇寒出遊料事每成錯去住難自謀東風捲飛雨添我雙泪流憑君

見親舊道此情悠悠

送人之臨川

聞君適臨川臨川幾時到日色江上舟雨香沙際草側

聞吳先生掛冠已云早避逅道深期故山白雲好

賦丁氏悠然齋兼呈羅宗仲進士

金山西來森萬木幽人結廬枕山麓入門所見勝所聞

先生弟子皆無俗芸草晴香攤古書竹簾晝永開棋局

陂水門前春浸緑一支分入清池曲搖曳璚綠雙屬玉

意閒似與忘機熟清曉開門掃落花細雨分根補秋菊
鶴歸帶得南山雲夜來共就簷端宿溪魚入饌白如銀
春酒醱醅香滿屋客來留飲醉為期人生樂在無拘束
知君心事媚幽獨不肯低頭徇榮辱感君於我情最深
每有篇章親手録羅浮老仙卧雲谷為問淵明舊芳躅
相從更作秋風期借我高齋看脩竹

環山亭 袁氏為奉親而築

環山亭上看山好我獨愛君親未老築亭當日為娛親

不計春歸與秋到捲簾雲拂老萊衣折花香撲崔卿帽
四面煙鬟翠相抱中峯屹立當晴昊蒼松老柏鬱難攀
白鶴青猿共幽討怪石槎牙獻奇寶澗水泠泠入琴操
鄰叟時邀共酒杯諸孫日遣傳詩草婉容愉色春融融
稍覺龐公近枯槁華蕚弟兄永相保金谷賓朋何足道
百年父子樂且真始信人間有蓬島我欲訪君待秋早
楚江釀酒宜傾倒寄書更約安期生携來海上如瓜棗

靜思集卷二

靜思集卷三

元 郭鈺 撰

詩

黄氏容安樓

君家高樓高百尺樓閒把酒無虛日極目欲窮千里心
誰謂區區僅容膝捲簾半空雲氣入孤鶴長鳴楚天碧
醉拍闌干呼月來萬壑松風夜吹笛天上玉京十二樓

羣仙不帶人間愁曉飛霞佩來相訪携我共作丹丘遊今日之日君我留為君題詩樓上頭笑指樓前大江水古今人物共風流

題劉文周愚直齋

先生結屋龍湖上大書愚直懸齋榜松風夜挾秋聲高山雨晴添湖水長一窗燈火聞書聲洞視太古凝幽情商周以前足人物儀秦而下非功名古人今人各如此先生意向知何似高風誰學柳士師夜雨閉門魯男子

先生長笑心自閒葛巾草服開松關寶珠光燄照雲水
好詩題徧龍湖山我遊梁楚號狂客飲酒呼盧都不擇
鳳兮鳳兮歌思哀老去人間拘小節甚欲相從讀舊書
何時下榻容安居是是非非吐心膽先生真是古之愚

賦清溪

清溪之水抱幽谷盤渦細浪相廻處半篙晴日蕩金鱗
一帶秋煙溜寒玉溪上仙翁絕塵俗開門俯玩清溪綠
白鳥飛來明鏡中垂楊鎖斷闌干曲窈窕春花亞修竹

脩竹何人共碁局紫蘿為蓋草為褥如輞川圖懸一幅
嗟我早年厭羈束五湖風月醉心目秖今是處沸鯨波
把釣從君事亦足

題周季彬種竹洞

周郎早歲才名重華屋連雲接飛棟却躭野趣愛幽棲
種竹迴環結成洞洞中坐客雖不多洞前車馬長相過微
風敲玉欝清爽濕煙團翠涵清和石峯嵯峩儼賓主紫
苔帶得春前雨翡翠晴連覆酒盃琅玕日長添詩句簞

紋如水形神清萬葉為屋竿為楹朱光不到失昏晝六
月髣髴聞秋聲嗟我村居逼樵舍此居稍覺情緣寡正
擬相從共笑歌不緣一看匆匆借

題李次晦溪山間

往年走馬遊長安杜陵韋曲花未殘玉堂天上春夢斷
拂衣歸去溪山間溪山之間深且好主翁見客開懷抱
花氣晴熏白紵衣波光曉浸紅雲島長松吟風晚泠泠
松下酒醒彈瑤琴松聲琴響自相和消盡人間名利心

臨溪結屋看山色山下行人招不得猿嘯烟深掛紫蘿龍窺水冷吟秋月主翁心間一事無諸郎文采珊瑚株南山射獵非所好芸草懸香惟讀書竹逕曉開邀二仲白鶴相迎復相送風月西窻詩料多酒熟何時添我共

題鄒茂才讀書處

鄒君昂昂二十餘世味不好好讀書今年新作讀書處青山白雲閒畫圖屋前老樹滿千株濃陰晴抱溪光虚架上牙籤醉白魚窻前鐵硯愁蟾蜍水沈香裊銅花爐

竹梢滴露自研朱十丈風埃葦簾隔三更秋雨青燈孤
吐氣欲吞餘子輩冥心獨遊太古初門外來者皆吾儒
羨君文采時時殊聖經賢傳多貯儲大義所得無拘拘
皋夔稷契何所讀簞瓢陋巷誰與居出門千里慎所趨
會看風翮排雲衢我今老矣慚不如贈君又無明月珠
為君長歌敲唾壺

羅友諒靜樂園

老大為園殊不惡人間富貴浮雲薄官曹賭命擁輕肥

不似先生靜中樂靜中之樂如可用鶯啼燕舞嬌春風
貯酒經年偏為客雨餘剪韭寒薦菘靜中之樂不可畫
游絲裊空碧桃謝滿前詩景取次收諸孫捧硯花陰寫
午窓客散還復眠長年習靜如得仙投壺聲悄停梟箭
篆香灰冷消殘烟我居近市厭囂聒老圃荒凉嬾耕作
朗誦先生靜樂篇白鶴風高入寥廓

秋塘曲

高荷擁翠秋滿塘花開不見聞花香老魚吹波紫萍碎

花下飛起雙鴛鴦鴛鴦相逐低迴翔藕絲易斷愁心長

玉筝不彈轆轤悄一簪華髮凝秋霜

溪西静者為安成周昺傳賦

先生下筆妙天下好從天上騎天馬却將富貴等浮雲

自號西溪之静者溪西池館門常關緑陰滿地清晝閒

碁聲不聞賓客退先生夢到希夷間世上利名爭賭命

誰似先生獨能静心涵太極易書存吟到盛唐詩律定

我今結屋萬山中出處似與先生同南州久已無高士

牀下終期拜德公

氷山謠

黒風贔屭海波立氷山嵯峩聳千尺樓觀晴連蜃氣高金銀夜貫虹光赤上有異物騎於菟左手鞭熊右麾貙彎弓射天鬼神泣馮陵殺氣搖荆吳狡兎爰爰何所得百計穿窬作三穴父老相逢不敢言夜對妻孥淚成血一朝白日中天開氷山融液非人推淋漓后土滿泥濘笑聲變作啼聲哀前者已傾後者踣出門却恨乾坤窄

秦關逆旅商君愁楚國飛車觀起裂早知氷山不可保

何不委身平地好從今寄語問津人風雨西山薇蕨老

陪歐陽奎文周秋夜宴集

高陽酒徒厭拘束洞簫清夜吹寒玉月影微生滄海波

秋聲瀉入南窗竹主人好懷為我開前除掃葉剗蒼苔

移席傳呼秉銀燭飛觴不惜空金罍百年交契亦無數

且得共君長夜語蘭茗翡翠自春風延平劍合蛟龍舞

我家茅屋江之西門閉不聞車馬嘶携書樹底騎牛讀

得句樽前洗竹題酒酣拊缶山谷響聊共漁歌答樵唱此時半面未逢君何乃見之輒稱賞論交不論淺與深丈夫一諾輕千金白璧無瑕人所貴青雲有路我何心簫聲不斷酒如注泓下龍吟月涵霧仙人招我歸去來雲車相候蓬萊路

美人折花歌

美人折花粉墻曲花前背立雲鬟綠乍愛薔薇染絳霞還惜海棠破紅玉素手纖纖羅袖殷心情凝想金刀寒

低枝未吐精神少高花開遍顏色殘花刺鈎衣花落手
草根露濕弓鞋綉紫蝶黃蜂俱有情飛撲餘香趁人久
情知人老不似花花枝折殘良可嗟明朝棄擲粧臺側
綠陰青子愁天涯

送遠曲

為君治行近一月今晨竟作匆匆别枕邊紈扇鏡中花
一時盡變傷心色妾雖不見邊城秋君亦不識空閨愁
憶君便如君憶妾雙泪豈為他人流才貌如君長刺促

少年心事何時足歸期未定須寄書誤人莫誤燈花卜

悲武昌

武昌兵甲雄天下王孫節制何為者白馬將軍飛渡江
壯士彎弓不敢射玉船未過鸚鵡洲紅旂已蔽黃鶴樓
美人散走東南道一絲揚柳千絲愁戰鬼銜冤夜深哭
王孫獨在淮南宿淮南美酒不論錢老兵猶唱河西曲
九江昨夜羽書傳九江太守愁心懸焉得將書報天子
哀哉不識顔平原

贈周郎

白馬渡江赭衣舞青春殺氣吹吳楚豪傑如雲起義兵
盡說周郎才且武縱金伐鼓駐江滸麾下健兒猛如虎
大刀照日開雪光飛鏑穿雲落鵰羽亦知困獸死猶鬭
轉戰大呼髮毛豎馬鞍曉被帶氷霜刁斗夜鳴雜風雨
黄河不見官軍渡青天白日丹心苦國家養兵八十年
不斬蛟鯨伐狐兔自非忠義激心肝誰肯艱難越深阻
昨者懸軍大捷歸聲名歘起元戎府府前獻俘揚虎旂

府中把酒歌都護江南布衣有如許政好歸來奉明主
選將壇高拜天語中官促印黄金鑄坐遣丹丘拜猰貐
天下蒼生各安堵虎符將軍何足數

少年行

西家少年茅屋裏牀擁牛衣瓶貯米一朝販鹽多白銀
妻學宫粧兒學跪甕頭新酒鵝兒黄無時殺猪宴鄰里
酒邊自數還自矜眼前華屋連雲起指似中男眉目强
早教讀書結豪貴黄金直可賭公卿莫遣終身在泥滓

東家老儒笑無計一窮到骨門長閉百年榮悴那得知
世情直付東流水

郭恒惠牙刷得雪字

老氣稜稜齒如鐵曽咀奸腴噴腥血倦遊十載舌空存
欲挽銀河漱芳潔南州牙刷寄來日去膩滌煩一金直
短簪削成玳瑁輕氷絲綴鎖銀駿密朱唇皓齒嬌春風
口脂面藥生顔色璦漿曉漱凝華池玉塵書談灑晴雪
輔車老去長相依餘論於今安所惜但當置我近清流

莫遣孫郎空漱石

贈彭將軍

將軍昔從布衣起便欲賭命報天子里中父老得開顔
刺虎斬蛟良細事幾年汗馬鏖戰塵君門九重誰得陳
羽檄飛雲白日暮牙旂捲雨滄江昏中書大臣擁貔虎
吐氣如雲蓋南土豫章城頭鳴老鴉匹馬夜出杉關去
楚山蒼蒼楚水清草莽之臣何重輕但得嚴君脫虎口
皇天后土相知心誰想長材不終棄控摶造化真兒戲

東鄰早結丞相懽種瓜不到青門地君家屋前山水幽
正好歸來尋舊遊座上衣冠戲綵日窻前燈火讀書秋
我欲從君語疇昔悠悠世事嗟何及滄波東逝魚西飛
獨振布袍三歎息

負薪女

山下女兒雙髻垂上山負薪哭聲悲辛勤主家奉晨炊
主翁頭白諸郎痴干戈未解骨肉離生來不識姸與媸
長笑隣姬畫蛾眉金屏孔雀何光輝琱弓羽箭來者誰

綠楊終日青驄嘶人生年少如駒馳鴛鴦翡翠皆雙飛
愁思百結心自知負薪拭泪背人揮黄昏四壁寒蛩啼

和羅貞仁達見寄

紛紛世事何為者殺氣騰空龍戰野萬國瘡痍未得瘳
十年奔走終無暇痛哭呼天晝杳冥泪痕血點布袍腥
愁霜逐日催人老厲階在昔知誰生憶昨先皇振天怒
盡四海外遵王度官曹裘馬連青雲父老謳歌足春雨
我自甘為樗散材石田山下鉏蒿萊骨相判知無肉食

對客長笑心悠哉先生未肯老丘壑雲海蒼龍奮頭角
碧桃紅杏皇州春緣誰竟負看花約空谷著書追昔賢
文章落手人間傳長風吹雲出山去使我不見心懸懸
出處情知各有志故舊何人共心事離别中年自不堪
芳草閒愁滿人世海波幾許成桑田麻姑消息魚沉淵
小山桂樹秋風老待君歸去知何年

寄李尚文少府兼簡周仲元

蓬萊歸路渺何許美人相思隔烟浦青鳥飛來雨意遲

黃鸝啼醉花陰午江邊釣石甚奇古一絲柳風獨延佇
囊罄久無酤酒資詩成何得驚人語李侯金閨聲價高
往年意氣凌吾曹官舍臨湖懸綵捧酒盃勸客濕宮袍
不擬東籬種秋菊欲從上苑醉仙桃寧知淮海風塵起
黃鵠委翅歸蓬蒿去年東走共顛倒茅簷寄宿憂心擣
九月絺衣敵早寒萬事不如歸去好拾薪煑雪我常貧
掃石卧雲君計早古人成敗每輕之及此始知難自保
近日攜書尋舊遊江上孤舟滿載愁偶見周郎共樽酒

一談一笑何風流主賓二妙不易得我欲從之長滯留
相思且付楚江水江水不盡情悠悠

題秋山風雨圖

平生最愛米家畫君之此圖妙天下鳥分歸路雲不開
樹壓懸崖雨如瀉倚江茆屋何人住蘆竹蕭蕭出無路
似我還山烟雨中愁來只讀秋陽賦

同羅伯剛贈栖碧山尊師

子真騎鯨上天去山中碧桃開幾度昆明灰盡始逢君

到今獨守焼丹處聞君早歳神骨清手援北斗掛中庭
銅仙夜送玉盤露孤月炯炯秋冥冥碧山清高隔風雨
不省人間暗塵霧酒盃春緑浸瑶花棋局午陰團柰樹
我思子貞不可扳欲往從君勘大還仙人不借緑玉杖
只隔流水行路難行路之難今最苦山鬼跳梁一足舞
蒼精雙龍閟神光待君不來白日暮何當為啓松筠關
一洗塵土開容顔鶴背天風甚安穩携我更上蓬萊山

贈別羅庭植

驊騮不受庸駑羈志與千里風雲期才傑每稱天下士
慷慨必展胷中奇十載君歸卧雲臯功名歲月閒中老
燒丹永夜紫霞飛問字無時綠樽倒抱琴正好聽鳴泉
明朝又買西江船角引曉霜凝别思梅披晴雪照離筵
吳山楚水多芳草黄金臺高幾時到必逢豪傑語襟期
白髮誰憐長遠道人生富貴各有時朝陽鳴鳳梧桐枝
醉解吳鈎贈君去歲云暮矣歸毋遲

從軍别

將軍披甲控紫騮美人挽轡雙淚流六月炎埃人命脆
軍期稍緩君須留彼為兄弟此為仇朝為公相夕為囚
歲歲年年苦征戰黄金誰足誰封侯煙塵暗天南北阻
英雄盡合回田畝當時兒戲應門户不謂虛名絆官府
馬鳴蕭蕭渡江浦重喚奚奴再三語將軍臨陣子為御
莫把長鞭鞭馬去

寄從弟鐸及弟銓

牡丹臺前春色滿杏花初開柳芽短霧氣撲簾翡翠寒

池光盪日晃鷺暖好花時節俱在家銀錢買酒不用賖
長生共祝千歲壽遠信相期八月槎烹鷄斫魚宴親舊
弟也甚恭兄甚友功名好在太平時骨月獨完離亂後
蹇余抱病向天涯每從佳節長咨嗟蘇秦六印終何益
半畝還須學種瓜

和答銓弟 弟云在贛日有誦爾詩兩辱問起居者

別來兩見春日滿愁思誰云春夜短十八灘頭鳴棹歌
歌姬勸酒銀瓶暖中江開帆先到家意濃不計歸程賖

但云老兄久埋没詩句何得隨飛槎諸公傳誦無新舊
相憐似是平生友事業青雲如鼠肝文章白髪羞牛後
長年凍餓茫無涯不敢仰天生怨嗟先生歸去且種菊
詞客愁來空饐瓜

題陽和吉灤京詩集

鈺也不識灤京路送君幾向灤京去灤京才俊紛往來
好景惟君獨能賦太平自是多佳句况逢虞揭論心素
金魚换酒謫仙狂彩舟彈瑟湘靈助豈知歸去烟塵驚

山中閉門華髮生雲氣蓬萊心未已夢中猶在東海行
貞元朝士幾人在少年詩思千載名西雲亭上何日到
為君舞劍歌灤京

猛虎行

猛虎長嘯風滿谷十載山中往來熟朝噉牛羊暮殺人
耽耽不畏弓刀逐山翁死後空茅屋山下行人早投宿
妖狐憑威作人語跳梁白日欺樵牧南來壯士怒相觸
彎弓射虎穿虎腹閃爍雙睛甘就戮髑髏作枕皮為褥

人生何必書多讀能事自足驚殊俗何當更斬長橋蛟老夫雖死開心目

贈劉子倫

廬陵周愷文章伯語語談君不易得嗟余終日走風塵到今未覩真顔色聞君早歲抱奇節胸中磊落太平策玉龍霜冷光欲飛蒼隼秋高影孤掣交遊四海多才傑自合貢之天子闕綵筆題詩衡岳雲畫船撾鼓西湖月衣冠王謝自風流賓客秦黃最超越往年仗劍奮忠烈

戰袍紅濺猩羆血草檄未血陳琳詞種柳已近淵明宅

酒酣氣漲漱天風一聲長嘯層崖裂登山臨水澹忘歸

聽雨看雲頗愁絶茫茫世事應難測英雄莫遣頭空白

寒盡春生剗雪霜海濶天高排羽翮何當携手銅駝陌

蓬萊羣仙朝帝側醉浥溟波繪六鼇老懷浩蕩從君説

滄洲灌夫詩為周子諒賦

往年曾踏滄洲路滄洲仙人留我住紫霞裁剪成春衣

到今掛在珊瑚樹十載人間走塵霧惟愛周郎讀書處

雲氣寒深連竹松江波晴漲揺窗户清曉中庭遺鶴羽
太乙青藜夜相語晚菘春韭東西畦鳥啼桑陰日當午
浦雲分送踈踈雨抱甕歸來不知苦嗟我已負滄洲期
羡君獨得滄洲趣江山今古武陵源姓名伯仲蘇公圃
畦外有田多種黍長使糟牀壓香醑招隱先須招我來
到門不用分賔主

葵花歎

朝見葵花長歎息暮見葵花重於邑白日携光萬彙蘇

寸心炯炯誰能識蠟光膩粉花正開翠袖捧出黃金盃
再拜君王千歲壽六龍迎駕扶桑來朱門厭逢車馬客
移花遠置山巖側不辭辛苦灌葵根遮莫浮雲翳空碧

寄友

東岸桃花西岸柳來往扁舟共杯酒去程易遠情易疎
長亭落日空回首南山山下黃菊叢采采寒花霜露濃
蝶恨蜂愁時節去老懷且復相為容風雨昨朝籬竹倒
牛羊亂蹴荒山草草木無情難自保人事悠悠何足道

黄金多貯交情好

靜思集卷三

欽定四庫全書

靜思集卷四

元　郭鈺　撰

詩

呈羅伯剛文學

正月初四日伯敏兄見過我桂樹林辱拜老親語及先舅志行房下事重增感哀先舅諸子姪留江外者存亡雖未可知而其田土在鄉里者

多寡宜有可考且韓謚祀充神恐不歆鄰於若敖生者何忍僕謂宜白諸親者尊者奉静李翁父子之主遷於羅氏祠堂而籍其田土之入以助歳時之祭甚義舉也俟江外者歸完璧外府又何難焉僕侍老親貧甚無能為役謹賦長句以呈惟伯仲究心焉

羊郎不過西州路痛哭當年獨何故甥舅深情江水長今我思之更愁苦葛山老屋依巖樹杖屨往還經幾度

池光凝墨草帶垂正是仙翁讀書處仙翁騎鶴渺何許
零落殘雲春景暮不消鬢雪添眼花到今長者傳佳句
志行有詩云臘盡未消頭上雪春來惟長眼中花此甚工巧麒麟高塚舊松楸燕子
他家好門户嗟我重來泪如雨早時鬢髮今垂素再拜
中郎問家譜封胡羯末俱清楚乃知喬木盤根深萬葉
千枝承雨露澄清淮海藉英雄亢宗事業寧無補夜讀
羣書霜月明秋懸雙劍蛟龍舞振耀家聲文且武綿綿
葛藟江之滸印山祠堂今誰主仙翁配食神靈聚豈無

他人我同祖蒼崖勒碑照千古

寄羅惟巽 善製筆

四年不見羅文學緑鬢朱顔宛如昨酒杯春滿聽啼鶯
琴響夜寒彈別鶴鶴飛冥冥遡寥廓仙人遺送長生藥
丹砂九轉飛靈光玉虹白日穿林壑豈無蹤跡到城郭
詞林近日傳新作待月光分荷露圓掃雲晴帶松花落
高懷自是貯氷清而我胡為困塵濁愁心千尺游絲懸
俯仰交情誰厚薄白髪為儒世所輕臨池學書意蕭索

聞君近有山中約狡兔何時當就縛

題鄧家婦王氏詩卷

青原之北書臺東高官厚禄多才雄一死獨稱鄧家婦立身豈在文章工黑風吹沙舞魑魅劍花凝碧血流地紅顔薄命誰不憐高風能使男兒愧鄧侯莫傷鸞鏡空厚夜招魂歸故宫結髪深恩不相負今日始見修齊功茫茫世事東流水鄧侯容髪今何似黌宫有井井有人重到讀書須向此

和酧歐陽伯庸

往年讀書竹深處君家叔父相賔主一門羣從君最奇賦詩已有驚人句秋高沆瀣瀉金莖日迥瑤臺森玉樹邊烽飛度吴江浦燕歸盡失舊門户十五年間百憂集相逢不敢訴艱苦昨者見君俱老蒼形容雖變氣如故青眼惟逢舊客開素衣不受緇塵汙松下長琴按新譜流水高山必自語聽者不知復不顧始見高人有真趣乃仍食貧忍羇旅俯仰詞林誰比數射工伺影江波暮

長日閉門傲寒暑雲松千尺冥冥風野桃三月瀟瀟雨

題龍湖小影圖贈劉文周

龍湖春水浮翠烟柳絲千尺繫漁船漁歌唱得歸來篇
龍湖秋月浸寒玉桂花香壓樽中綠琴聲彈作高山曲
斯人何似似飛仙是誰妙手分清妍人間今日畫圖傳
薜荔分陰網茅屋露瀉空青沐松菊白鶴歸來晨自沐
蒼龍玩珠湖水寒虹光飛逗霜毫端賦詩寫徧青琅玕
世上功名舞豪傑白髮青衫腰屢折誰肯山中採薇蕨

君心直與古人期朱顔緑鬢人莫窺如何畫史能相知
彭郎意匠自奇絶使我一見神飛越小山招隱歌三疊
我家更在深山深彭郎何日能相尋畫我高秋桂樹林
桂林近接龍湖上與君杖屨共往還何須更看青松障

畣龍叔起

早歲功名望吾子寶匣倒流三尺水一朝騎馬稱將軍
鄉里小兒盡風靡詩句烏絲寫兔毫除書紫泥印宫紙
移席花間待客至俸錢沽酒日餘幾材傑大用當有時

長想風雲平地起事有不然待消弭中朝達官忽至理
塵飛戎馬塞江淮日落妖狐闞閭里東西奔走十六年
今日見君雜悲喜一飰不肯蹴權門獨惜交情保終始
作詩寄歐思不羣大音洗我箏笛耳我欲煩君重見歐
著身更好山巖裏

送劉掾歸休

人生無如食祿好何似逢萌掛冠早山林朝市將無同
英雄不向塵中老聞君拂衣歸故林往事欲說誰知心

一代文章塵土夢百年富貴浮雲陰君今住近青原下
庭竹窓梅絶瀟洒幾回清夜夢故人故人天上騎驄馬
丹心仰天寒水清白髪照鏡秋霜明曉圃鉏雲種蒼玉
春山劚雨尋黄精瓜田新得東陵種襟期還與東陵共
門前賓客重去來但令瘦鶴司迎送我不識君心煩勞
滿前出處君獨高側身西望長歎息懸崖老樹風蕭騷

座客談仙

彩霞麗空覆蓬島璚樓晝鎖春風好海波不動羽輪輕

霞佩雲裾自顛倒徐郎消息真未真如何却許童男到

一盃曉露嚥瓊漿兩袂天香拾瑤草不省仙宫日月長

但憑青鳥歸來早秦皇漢武空復情蕭颼麻姑霜鬢老

送羅秀實之江東兼寄劉潤芳兄弟

劉於余為近隣而客於饒與吾家諸父兄弟俱相好壬辰之後久不知消息近年聞無恙而故鄉有不堪回首者故章末特致意云

十載山中投禿筆長揮老淚送行役今日緣君始放懷

為作長歌寫胸臆君昔讀書三百篇早期濯桂秋風前
驊騮健步無由騁白鶴仙經得秘傳竹節行徧吳雲白
地利天時細窺測丹心欲拯世間貧厚澤每沾泉下客
辭家千里游江東壯年豪氣飛晴虹大府禁酤若為别
奉一盃水情無窮吾鄉劉郎好兄弟為我殷勤致深意
芳草烟荒同水廬長松月冷龍湖地東郭老生廢讀書
桂林雖好顏色無人生萬事還鄉好晝錦何時照里閭

楊和吉西雲亭賞菊和韻

西雲亭上酒初熟西雲亭下滿秋菊主翁把菊飛酒觴綵箋自寫陽春曲舊觀菊譜不知名今日按行心始足靚妝洗粉舞霓裳醉色扶嬌剪紅玉就中一種菊之王高花獨號御袍黃縹緲翠華下南苑玉環飛燕參翱翔誰言老圃含凄涼雅懷不受春花香地偏佳色承曉露天清老氣排秋霜府司伐木震山海嗟爾寒花獨光彩長歌把酒酹淵明歸來三徑今何在座客酒酣多氣槩我獨看花發長慨晚歲更為松竹期他時莫逐蕭蘭改

桐江宴集和周子諒韻

岸巾長嘯吾與君讓君筆力飛春雲蒹葭枯折吳江濆芝蘭却許濃香薰今夕何夕歌聲聞江山重到吾已老慚愧詩成瘦如鳥座中少年美詞藻琪樹交花照晴昊懷抱一時盡傾倒玉瓶行酒盃如飛爭雄得雋酒滿衣持觥御史令莫違斫魚烹鴈頤指揮荊州吾土還相依江上雲荒月欲爛客囊空貯閒愁滿不謂相逢重展轉交情豈必論深淺黃鵠一飛天地遠

答宋時用韻

朔風吹裂霜林錦敗葉蕭蕭滿山逕鴉啼落日繞空巢

雁度愁雲蕩孤影思君不來心炯炯白鶴傳書致三請

想見雲間騎鹿歸坐俯清泉滿清聽喬木千章拔地高

危樓百尺臨風迴壯顔如玉紅光肥間意看花綠陰靜

昨來訪古鳳凰臺二水三山入高詠李陽曾奮漚麻拳

毛生自脫囊錐穎騄駬虛空不足騁且復滄波理烟艇

歲月悠悠付笑談水去雲飛兩無競長琴横膝松風鳴

深巷閉門苔雨淨秫田秋熟新酒香弟勸兄酬惜光景
問余别恨如水長幾回空發剡溪興坡上竹翁煩問信
何得風波起胷井空山歲寒氷雪盛凛凛蒼松千尺勁

送宋仲觀迎親江陵

戰塵飛空暗南北出門每恨山河窄况復荊州千里遥
君家嚴君久為客天高雁杳音塵絶十七年間愁百結
昨者忽傳消息真健步如仙髻如雪上堂白母喜欲顛
明朝便買西江船奉迎歸養無不足高官可棄金可捐

東隣失子西失母君家具慶寧非天別君豈必送行曲
望君却賦歸來篇舊聞荆襄樹旂羽客行不免多愁苦
嚴君能保千金軀豈無歸夢到鄉土老大還家樂且閒
溪柳山花總如故君今去去須早歸白髮慈親倚門暮

代送安成潘判官

卿雲夜開景星現野田秋禾甘雨徧潘侯為政今若茲
在於賤子何由羨安成昔變虎狼都黠者為鼠痴為魚
西風落日一回首慘淡百尺書臺孤萬馬南來如電掃

風俗只今還再造遺民一二盡瘡痍藩侯啜哺傷懷抱
朝馴虵虺歸青山夕抱赤子衽席間一朝威武收功易
三載撫字推心難藩侯報政赴京國不敢含啼卧車轍
再拜君王願借恂重來早建黄金節

古劍歌為李伯謙賦

先生重劒如自重藏之深山不輕用寶匣夜開紫電飛
滄波曉滓龍光動干將湛盧不易求英雄今古良悠悠
鴻門舞散玉斗碎呉宫鼓絶蛾眉愁銅花玉暈文章露

野人願致華陰土佩之自可無邪心袁公奇術何足數
先生揮毫山館中光芒似欲爭詞鋒白照晴空鋪雪練
碧含秋水生芙蓉邀我一見神悽惻坐歎毛錐老無策
何當借我小試之目前且斷讒夫舌

古桂樹吟

六月十五日龍可道邀飲古桂樹下積雨初晴綠陰如洗入夜酒酣可道立索詩因賦

六月塵沙倦長道却愛君家桂樹好桂樹未花意自香

暮雲捲雨秋先到月光滿地無酒掃石磴高低藉幽草滿壺美酒共傾倒一洗煩襟靜懷抱昔年夏屋高渠渠秖今結茅自有餘兄弟白頭俱孝友高堂慈母多懽娛兵草未息民未蘇吾徒正合山巖居子弟長大宜讀書浮雲富貴何有無桂樹與人共長久從此栽培更深厚萬葉團陰烟霧間孤標發秀風霜後半畝玲瓏斜月透翠光寒色浮衿袖八月花開我再來君當剩貯千鍾酒

和酬李憲文送茶

鰲山峭石攢碧空物性苦硬氣所鍾野老鉏雲種茶荈
年深獲利盛農功雲蒸霧滃春濛濛一槍兩旂戰東風
采掇可以羞王公西山白雲將無同我家住近鰲山下
糴米買薪日無暇長夏飲水冬飲湯風月交游足情話
君年甚少甚瀟洒摘鮮分贈金同價已看雀舌堆滿盤
況復驪珠動盈把讀書窓深午煙微竹爐石鼎生光輝
玉川七碗喫不得以少為貴知音稀君子浩蕩不可羈
好追彩鳳天門飛白玉堂前春晝永承恩拜賜龍團歸

寄周子諒

人世近年不可道相逢但説滄洲好掃雲放鶴招飛仙冠屨烟霞任顛倒琥珀香傾白玉壺珊瑚影拂紅雲島洲前弱水知幾重跂余望之不能到滄洲美人玉無瑕曳裾每在王侯家去年把釣桐江上驪珠飛光照白沙野水平橋重回首夕陽門掩松陰斜關西老子拂歸袖薄俗俯仰令人嗟我初去留謬長策遂使諸生笑王式不論世事凋朱顔一雙老眼依然白五月抱病山居窄

展轉空窗想顏色丈夫豈作兒女悲情深不免傷離别

為李伯謙題蟠桃三熟圖壽白沙葉巡檢

瑶池春早羣仙集東方小兒吹玉笛酒酣携得蟠桃歸種向仙山人未識學仙之人寫作圖風枝露葉青扶疎三實垂垂世所無持贈將軍懽有餘長歌願祝將軍壽千歲蟠桃千歲酒將軍自是山中人好與蟠桃共長久丹鶴銜書昨日回為報蟠桃花又開南極老人笑相待穩駕虹橋歸去來

題滾塵圖

紫騮脫羈矜得意一團旋風捲平地氣猛欠伸赤汗收尾長亂撒香塵起筋骨不與凡馬同始知貌在丹青中門外水與天河通不然翻身當化龍

同李主敬題李南玉瑞竹詩卷

往來曾看瑞竹圖君家盛事傳里閭阿翁抱孫宴賓客祝詞盡誇鸞鳳雛今日重看瑞竹記舊家文物君能繼羽毛紅色彩雲端銜圖應作皇王瑞瑞竹脩脩分兩岐

節疎葉密寒參差濕團曉翠煙花結光浥空青露點垂
大安園中萬竿綠滿林春筍森羣玉能使一竿如此奇
王猷借看情何足好縱長梢拂紫烟樽前風月招飛仙
培養深根子孫長主翁與竹俱千年

和宋竹坡見寄

長途浼浼塵沙黃車輪四角投何方歸來却笑同舍郎
致身何用多文章白紵吟魂消夜雨青燈華髮凝秋霜
鴻雁南來同是客蘆花漠漠湖光白稻粱生計良獨微

入門誰肯相娛悅君家洞口垂紫蘿佩菊級蘭秋興多難弟持盃共傾倒諸孫捧硯供吟哦溪上羣鷗飛欲下老翁自是忘機者脫巾醉眠呼不醒添入畫圖甚瀟洒賦詩招我來相過尊中美酒搖紅波便宜相從飲一斗梅花梢上春如何

和羅明信見寄

憶昔羅浮過仙伯河潤九里分餘澤翻雲覆雨幾晨昏到今猶作飄蓬客平生論交無淺深抱琴但欲求知音

脩竹晚風留獨坐落花春晝愁孤吟遙望君家片雲隔
短竹化龍不堪策醉語狂談禮法疎知君於我終無責
天寒雨冷我欲歸君詩滿紙龍蛇飛去燕來鴻增感慨
兎絲松樹長因依

和丁與善

凍鶻不得棲上林鎩羽卑飛空苦心是處掃愁一斗酒
長年知己孤桐琴緣誰推抱遂至今萍水相逢共為客
燈火長淹風雨夕悵望鄉關歸計遲聿陪杖屨歡情浹

嗟我囊空無一錢頭顱羸得千絲雪野性專於魚鳥親
始知稽康交欲絶偶題詩句落人間骫髒伊優兩無遇
舊遊舊釣揔依然不恨歸雲無託處杯行到君君莫止
酒醒明朝各分袂霜飛茅屋視敲氷月上空山劍如水
寫詩持報腸九回明年當復為君來相思但見梅花月
如對玉人銜酒盃

彭中和有贈松林墨蘭一幅許以貺余余因故以
墨梅先之既而中和賜報以詩遂次韻復之

往年看花落春後金莖琪樹山中少江上老梅迴瘦枝
寫入山窓自妍好君家雪壁宜掛之繁花不逐東風老
共憐縞袂染緇塵何惜浮雲翳晴昊聞君舊貯書畫多
松林墨蘭香未磨奪取錦袍吾豈敢纏綿正好如松蘿
常笑虎頭每痴絕不見人間鴻爪雪何當來往翫心情
梅有高標蘭有德

題李尚文少府所藏枯柳寒鴉圖

江邊獨柳飛羣鴉敗枝殘葉秋風斜石泉可飲不可啄

似聞落日鳴啞啞一段凄涼幽思足忽憶看花過韋曲上林春早聽啼鶯太液波晴寫黃鵠

題周惟中所藏落雁圖

燕鴻南飛幾千里紈素寫之不盈咫老翮風高剪斷雲寒影日沉迷亂葦野烟著樹淡微茫山雨欲來秋滿堂不是主翁催飲酒秖疑短棹浮瀟湘

靜思集卷四

欽定四庫全書

靜思集卷五

元　郭鈺　撰

詩

題劉氏雪翁吟卷

仙翁未老頭揔白飄蕭兩鬢吹晴雪幾回覽鏡心自疑

却恠春風消不得面如紅玉眼如月往往問年驚坐客到

今上馬不用扶風流文采居前列新築雪菴倚山北竹

門晝開紗帽穿花撲春缸酒氣香月臨秋幌簫聲咽溪山畫圖甚奇絶萬事只從閒處閲歲寒高誼誰與同獨見梅花好顔色玄陰峥嵘厚地裂朔風如刀剪瑞葉雪翁長嘯雪菴中俯仰乾坤迴澄澈襟懷寒浥氷壺清標格炯如璚樹潔近見麻姑兩鬢霜染髭始信皆無策何年竟棹剡溪船分我氷花沃焦熱

和酬黄用泰

聞君讀書近秋浦老大用心更清苦錦箋揮翰散晴雲

燈光隔窗聽夜雨前月西風送好音孤鴻蕩影愁人心盈盈一水不相見千里命駕何由尋憶昔風塵走長道曾宿君家碧雲島一時談笑君未忘十載淒涼我重到思君長日臨溪頭蘆花吹雪迷歸舟官錢當十足沽酒時官錢一當十何當一醉黃花秋

題楊節婦劉氏書卷

桐江江上望江水君家有母心相似母昔少年失所天澄波千丈無泥滓瑤琴錦瑟六年中孤鸞曉飛繞雲空

丹心惟抱秋月白翠鬟不識春花紅老天夢夢恨無子
仙桂移根中道死稱來苦柏翠可飡忽看滄海飛塵起
乃知為善報不虛諸孫文采珊瑚株讀書既覩家聲振
奉珍能盡閒居娱大府具狀上朝省烈士聞之毛骨冷
綸音早晚表門閭貞節芳名重鄉井高年七十顔色和
蟠桃千歲著花多史臣擬書列女傳撫卷先為題長歌

寄胡伯清

諸公盡說為官好君獨胡為掛冠早朝上中臺脱繡衣

暮入南山卧烟草聖朝耳目寄所司青天尺五安雲梯
布衣承詔起江右飛雨隨車到浙西文采已為當路重
何乃抱材不終用徒步愁聞驄馬嘶舊名還與沙鷗共
自從子陵歸江湖清風高節何代無相逢莫問諫大夫
黄冠草服我自娱英雄出處不論命笑指南山空捷徑
鶴舞猿啼山月高酒熟魚肥溪雨溟君今所得良已多
功名富貴將奈何憑誰寄書與周愷歸來好共釣烟波

和歐伯庸

飛光忽忽催人老白髮不期來獨早氣鍾寒柏兀孤高
目眩春風自顛倒平生籌策無一奇著身山巖乃所宜
往事盡付東流水惟有知心勞夢思酒酣拔劍為君起
愛君近來詩句美思君不見獨長哦一唱三歎情未已
結交何必黄金多長松千尺懸絲蘿王門伶人不肯作
其若高山流水何昨日花開今日落東風雖好亦云惡
百年會面能幾時乘興須來不須約

簡周文瞻

先生掛冠竟長往青山白雲注遐想姓名久在縉紳間
風節欲傾寮采上天柱峯高鬱蕭爽門前流水供春釀
小車駕鹿度松陰盤石彈琴答泉響平生老筆稱絶竒
大小二篆皆吾師江虛白沙鐵錐立雲捲空青玉筯垂
襟懷浩蕩無所惜每逢好事能書之近來題徧滿江右
丞相中郎千載期往年下筆誰最妙聞之獨數吳興趙
綉衣御史又得名出處於君不同調高齋日長客來少
洗硯自瞰萍花沼晴雲飛動碧窻閒酒酣得意掀髯笑

愧我還山茅結廬老去家貧且讀書願求大字懸書屋
一洗塵纖開清虛竹林雨過暑氣無霜毫染墨多勤渠
野人拜賜不敢隱虹光應貫斗牛墟

同李立本贈醫

丈夫為醫真有道人間百病煎百草百草於人尚有功
聖謨砭訂誰當告聞君獨得聲名早上池分水洗襟袍
滿煎凋瘵生意回君來絕勝陽春到嗟余病癖老更多
瘵之無方愁絕倒錦袍霄漢夢荒涼白髮丘園日枯槁

平生頗嗜短長吟弄筆至今無一好久欲尋醫今遇君
安得從君共論討參苓芝术俱等閑頂門之鍼乃為寶

征婦别

征婦臨行曉妝薄上堂辭姑雙泪落含情欲訴哭聲長
一段凄涼動林壑從夫不辭行路羞婦去誰為養姑謀
婦人在軍古所忌今者召募如追囚十年婦姑共甘苦
一室倒懸空四顧小郎早没更無人却把晨昏託鄰婦
情知送兒是埋兒姑年老大莫苦悲萬一軍中廢機杼

減米換衣當寄歸小菴叫呼催早别出門便成千里隔
今夜不聞喚婦聲愁心共掛天邊月

題金守正所藏謝君績秋山讀書圖

晴雲日高澹林木澗水縈迴繞茅屋白髮何人似我閒
長日空齋把書讀謝公湖海今倦游乃知筆力老更道
西山一點千仭秋臨風迴首情悠悠

題袁寅亮進士所藏袁安卧雪圖

大雪僵眠呼不起錦袍公子何由至苦寒未可更干人

斯言便爾含春意他日登庸勳業崇素心已見早徵中
党家歌舞擁爐紅歡娱一餉寒煙空畫史經營自風致
琪樹瓊花照天地舊家青氊君勿忘公侯子孫當復始

題蕭質所藏終南雪霽圖

玉龍銜燭晴光吐恠底空簷響殘雨南山一夜服還丹
滄浪之水揔如故公子昨朝愁出户錦袍闔春醉歌舞
赤脚老樵拾斷薪畫史何由得深趣早梅回暖動精神
凍雀翻蔡動毛羽筆端生意開紈素恍然不記寒宵苦

泥滑迢迢江上路行客茅簷不少住世間捷逕渺何許
已有扁舟候江滸隔浦長橋似灞陵何如著我騎驢去
黒貂擁醉詩思多明日歸來為君賦

送李原貞遊淮

君歸省親親已老如何又涉長淮道長淮千里快壯遊
不似斑衣兒戲好棹歌聲齊催發船烟花露柳媚晴川
酒瀉紅光照白日詩傳佳句驚離筵丈夫意氣吞餘子
百年養親當養志空山憔悴亦奚為捧檄曾聞為親喜

再拜勸君金叵羅問君年紀甚不多漢王好少今若此
攀龍早早騰銀河白璧黄金無足惜庭闈懽聲勝歸日
鶯花春暖吴宫深鴻鵠風高楚天碧

春暮吟

玉壺酤酒青絲絡啼鳥勸人滿盃酌落紅滿地晴香消
濕翠如烟午雲薄畫樓玲瓏隔綵霞樓前雙鵲鳴喳喳
想見吴帆北風起王孫明日當還家

刲股歌為戴氏子賦

昔人徇恩自刲股儒生靳靳不相許君今刲股母疾瘳
一寸丹心吾所取母年老大呻吟苦恨滿西山日將暮
劉苓粉參竟無補此事曽聞耆舊語揮刀剜肉號蒼天
百靈眙眙瞰庭户血流及屨不自知何暇更要鄉里譽
明朝問膳俱復初不用諸孫扶健步匹夫精誠動天地
六月飛霜有其故雪消脩竹笋穿林日射錦桃花滿樹
春風轉暖春晝長滿壺美酒斑衣舞

同宗弟文炳宴集余以病不能往中和仲簡偕行

且有登覽之樂因事觸興形於詠歌俯仰之間

余不能無感焉聊復次韻

出門朝夕望西嶺白雲千頃儀形靜縈空飛徑愁躋攀

啼猿抱子行相引眼空不覺梯身高羲和回車近人頂

老樹憑風爭怒號危峯拔地相撐挺絶谷遥聞瀑水聲

微雲忽墮孤鳶影吾宗結屋紫翠間髣髴人烟似仙境

主翁呼酒醉東籬一曲未終俱酩酊白髮簪花人更嗢

豈為諸生玩光景蘭芷已隨蕭艾化人情不似江流水

曲彈別調終無閒藝入剩員空自逞歃盟惟待桑苧翁
長向空山煮春茗翻雲覆雨胡不然撫事從今夢初醒
江山千里老驥鳴風露五更孤月炯閉門落葉紅滿階
賦筆登高再難騁只將緘默謝友朋混沌何由效溟涬

荊軻詞

燕山雪飛青宮閉氍毹夜暖沈沈醉北斗黃金何足多
一筋深恩美人臂寒風蕭蕭度易水匕首光芒泣神鬼
畢竟明年祖龍死恨不報君為君喜

張良詠

韓成未死思報秦漢燒棧道吾兵神韓成已死思報楚始知漢王乃天與昨日相從赤松子今日已見淮陰死控御天下漢業崇不受控御真英雄

石崇詠

樓上唱歌舞綠珠樓前馳檄收齊奴紅裙飛墜喚不甦一死不救赤族誅倚闌恨不忍斯須緹縈没身尚可圖報恩但願主翁壽傾城顔色何代無

王猛詠

五老渡江老臣泣垂死丹心在王室當年非不思南來
王謝豈能生羽翼䰠相張儀尚為秦聊借羌符展才力
江南雖僻不可圖青史千年誰能識

乙卯新元余年六十目病又甚撫今懷昔感慨係
之適諸弟姪來賀因賦長句

憶昔軍麾滿南國性命一絲懸一息老天與年補長貧
白髮蕭蕭今六十巖前桂樹倚半空臺上牡丹高數尺

雨露皇天根后土前輩風流我何及燈火讀書眼盡昏杖屨遊山足無力齒牙動搖亦已落逆旅應催早行客高陽酒徒誰獨存蘇門先生人未識春雨䰟消韋曲花秋風怨入山陽笛檢束方知禮法疎笑談尚倚心情密甕頭新酒甜如蜜羣從彬彬賀元日一庭晴色毳袍輕醉筆重拈百憂失

高節宅中中秋宴集

十年不到桐江上畫棟飛甍歘高爽長風送月作中秋

主翁攜客傾家釀筠谷山人飲不多半醉半醒發清唱
嫦娥恠我髮星星笑談猶作青年想千里嬋娟千里情
不期此夜從君賞丹桂香清白露飛黄蘆葉碎微風響
好懷得酒須放蕩何必拘拘絆塵鞅圓缺陰晴轉眼間
古人今人幾惆悵但得明年有此情抱情江上重相訪

十七日飲蕭觀遠宅候竹坡不至

候君直過横塘曲白藕作花浸寒玉秋香捲入桂樹枝
主翁新酒今朝熟待君共泛盃中緑前輩風流照心目

白髮雲間不可招離情寫向窓西竹

和周公明兼柬李子晦

聞君何從得拱璧神功雕琢無難色如此奇材自不多
況復芳年何可及事業雲霄應有時學問淵源豈無極
論交每恨識君遲下筆還能愈吾疾自從患眼親舊踈
空堦落葉無行迹相知誰似李先生精神玉立仙中客
軒昂自是離雞羣骯髒何慚倚門側每從東阡望南陌
十日不見苦愁絶隴頭春色入梅梢俯仰流光長歎息

王粲登樓不自聊季子多金又何益相逢各賦去來篇
官家已見頒新歷

贈曾葬師

洙泗水西馬鬣封龍虎山下留侯宮當時相地果誰在
能使累世疏恩隆聖人立參天地功老莊之說將毋同
後來作者纔萬一輸金償璧言非空廬陵老仙曾艮峯
拂衣光吐蒼精龍奇觀欲凌嵩華上寓迹多在衡湘中
卓卓景純書滿腹昂昂盧植虛如鐘夜語飛觴驚座客

曉行控鶴追仙蹤恩流黃泉舞白骨義激宴子撼王公
我今白髮飄亂蓬惜我與君不早逢邂逅今日無匆匆
神仙骨相須英雄薰天富貴非我蒙再拜何策驅詩窮

寄友

江波茫茫雪千頃斜陽閃閃歸帆影行人過盡不逢君
綠酒滿盃誰共飲飛光如水不可留思君如仙不可求
風捲落紅千萬片滿空散作相思愁

丙辰上巳與新喻龔履芳同郡周公明羅澄淵諸

孫仲雍登南山絶頂歸息於雩壇意䨫如也公

明賦長句次韻

老懷恥為遶指柔常恨不得登三丘春花滿眼春日美

江山何往非勝遊啼鶯一聲破幽寂南山面目如初覿

碧桃紅杏相送迎翠柏蒼松分主客目送飛雲不可攀

巨石人立當前關飛逕縈迴不知遠相逢樵牧俱懽顔

桐江如帶纔咫尺髣髴青原雲外碧鴻鵠凌飛天地寛

蛟龍捲水滄溟窄第一峯尖知幾盤足力雖乏飛吟魂

蘭亭陳迹不復見有酒自可開窪樽龔公氣宇剗峭崒
周郎風韻甚超越俯御乾坤散百憂人烟縹緲神仙窟
題名絶壁慚魯臯輸君年少筆力高好詩不作山靈贈
往返笑我成徒勞紛紛餘子風斯下只合從今結鷗社
歸來高詠舞雩風一幅畫圖無買價惜哉蕭郎阻天涯
回首悵望重咨嗟人生離合各有數苦吟能使雙鬢華
我今萬事慵不理空抱長琴寄流水他年上巳欲登高
故事相傳自今始

春夜吟

月色如水花如雲美人樓上歌迴紋栖霞飛起玉階樹香風吹動殷紅裙去年寄書到君側書中只寫思君切情知人老髮如絲君歸不恨緣君白挿花記月夜未央他人苦短我苦長若使驅車到家日天涯芳草愁茫茫

狂客行

美人當窻捲珠箔狂客花陰彈黃雀黃雀低回嬌不飛金丸偏著搔頭落與君未展平生親奈何調笑如無人

萬一樓頭是夫壻百年恨怨將誰陳君心誤認雙蝴蝶
搖蕩迷魂招不得

題山水圖

我行不到山中久忽見青山為回首似聞流水響鳴琴
恍若寒雲落襟袖松下茅菴絕瀟洒甚欲從之度長夏
振衣大笑問主人主人道是孫郎畫

明妃曲與宜春龍旂餘杭吳植真定魏巖分題並

賦

女無妍醜入宫見妬縱使色傾城不如嫁鄉土承恩初
駕七香車豈知今日馬上彈琵琶氊車飛白雪背帽吹
黄沙不恨君王棄我天之涯却恨父母嫁我天王家自
入宫門一回首薔薇香銷縷金袖淚痕長伴守宫紅誤
人何待毛延壽將心寄語後代人貿賤關天不係身隴
頭萬一無青草埋没風沙空苦辛

雙蓮曲

鑑湖上雙蓮開綵雲不收並香腮二喬卧讀兵書倦鏡

光如水臨粧臺兩心本同意羅襪凌波回氷絲透骨成連理紅鮮翠濕鴛鴦猜錦筵美人荷葉杯勸酒滿飲舞袖迴緑房青子無相催牡丹凋瘁秋菊摧奇祥異瑞君須培明日之日好音來共飛霞佩歸蓬萊五雲宮闕高崔嵬

射虎行贈射虎人

昨日射虎南山巔悲風蕭蕭眼力穿今日射虎北山下虎血濺衣山路夜朝朝射虎無空歸家人望斷孤雲飛

度嶺踰山弓力健虎肉共分不辭遠府司帖下問虎皮高枕髑髏醉不知虎昔咆哮百獸走一死寧知在君手鼻端出火耳生風拔劍起舞氣如虹昨夜空村見漁火牛羊不收犬長卧作詩贈君毛髮寒煩君為我謝上官君不見昔日劉琨稱長者虎北渡河不須射

延桂堂辭為李茂才賦

桂樹團團兮堂之下仰承元氣兮根后土偃蹇蕭參兮枝交互離立不羣兮儼賓主堂中人兮啓璚户攀援桂

枝兮獨延竚被蓀蘭兮庭堦秋風起兮滿懷日暮兮遠
望江之水兮湝湝匊芳馨兮秋滿林思美人兮懸素心
鬱兮深零草靃靡石嶔崟掃白雲兮彈瑤琴抱明月兮
知音酌桂酒兮堂之中子慕余兮聊春容嫋嫋兮秋風
羌獨立兮靡從虎豹逌兮晝寂白露湛兮寒滴巃嵷兮
凄凄蕭蕭兮颯颯發長嘯兮攬清秋擕美人兮醉我疇
慨世俗兮悠悠扳援桂枝兮長淹留

贈王儀

曉日照射碧海之珊瑚我思君兮文采殊明月飛光萬頃之秋水我思君兮情調美朝騁望兮朱户夕夷猶兮綵舟迴棹雙溪花雨溟捲簾萬壑松風秋昨日偶相遇池館邀我住我有閒愁千萬縷掛在落日寒烟之古樹抽刀割之斷擲向東流去丈夫磊落天地間傾人意氣移南山干戈滿眼吾道喪今日見君多厚顏君莫哂壚頭酒壓黃花脂典衣且復從君飲悲歌擊劍晴光吐虹跨海斬鯨誰知雌雄半天飛雨萬里長風夜窺玉匣雙

龍騰空

金雀屏送人往章貢成姻

金雀屏翠羽紅翎照簾幕馬上郎君雙箭飛佳期不負藍橋約藍橋咫尺間青鸞去復還桃花曉泛春江暖玄霜夜擣仙宮閒仙宮閒情窈窕重開金雀屏拍手迎郎笑流蘇帳暖酒微醒銀燭花高漏聲曉

賦得籬上雀送宜春龍旗伯章赴長沙

瞻彼上林萬木交錯爾獨何為傍籬落不如南溟鵬又

不似遼東鶴高飛無力天地遠短棘踈烟晚蕭索遺穗
蕩盡山田空虞羅不收溪雨作未看春日百花晴寧惜
窮陰一枝惡嗚呼壯士當雄飛八翼天風散寥廓紫鸞
丹鳳參翺翔愧爾啁啾籬上雀

靜思集卷五

欽定四庫全書

靜思集卷六

元 郭鈺 撰

詩

春思

迴舟桃葉渡空數落花鈿門閉紫苔雨鳥啼青樹烟相逢疑夢寐此別隔山川想對銀臺燭猶題錦字牋

中秋與袁方飲田家

今夕是何夕桂花香滿樓金貂換美酒玉笋照清秋好月偏憐客殊鄉足散愁主翁從笑罵長判不封侯

秋望

長嘯動巖壑秋風生滿林片雲隨鴈度踈雨約蟬吟燕馬關山遠吳船歲月深歸來蘇季子何用苦多金

從軍

減袖作戎衣為儒事却非心肝同感激名位却卑微浼浼黃塵合悠悠白旆飛將軍先陷陣奪得紫騮歸

苦雨

雨寒滯茅屋昏曉俟春晴欹枕江聲近捲簾雲氣生花開從過眼麥倒最關情況復轉輸苦邊隅未息兵

雪洞為吳八都刺都事賦

船拓粉窓虛丹青不用塗晴波涵貝闕寒月浸氷壺旗舞魚驚電燈明龍玩珠紅塵飛不到深坐按兵符

入城

不見平安報酸風雜鼓鼙雨寒催日短雲黑壓城低枕

席啼痕滿鄉關去路迷將軍多異見誰與慰烝黎

復愁

猛士憑城險四郊今若何纔聞一馬獻已費百金多江雨舟無渡山雲鳥獨過君王不相負諸將且須和

歲除前三日

一歲餘三日還鄉鳥道通論兵無衆寡決勝在英雄短髮思親白衰容待酒紅出門親舊滿共訴客囊空

王志元邀度歲不及赴敬畣以詩

東門問來使晚歲許相迎野樹懸雲氣江波挾雨聲虎
饑寒更出驢瘦滑難行好是城南酒燈前只自傾

除夕

短日如年度寧知歲又殘鄉關一水隔風雪五更寒寄
食囊垂罄更衣帶盡寬主人供帳好猶作太平看

江路

江路雪崚嶒囊空仗友朋炊烟晨減米乞火夜分燈白
鳥蹋青嶂蒼松舞翠籐鄉關長在望歸計久無憑

憶弟

時危思共濟謀拙阻相聞念母誰無子持家亦不羣江烟寒織雨山鳥暝穿雲悵望歸無計悲啼向夜分

元夕

聖主初臨御舟車萬里通上元開夜禁樂事與民同燈引飛星動簾栖香霧濛誰知今夜月照我坐書空

和王志元雨晴

客枕愁春雨漁船畣晚晴殘雲栖樹濕新水與橋平稱

子買魚至主人窺笋生酒来即傾倒何問阻歸程

愁邊

白髪逼人甚愁邊寇未平江山含殺氣草樹作秋聲誰復思何武人多厭禰衡功名汗馬得儒素足相輕

舟次峡江

江上晚晴好臨行復艤舟雨龍歸大秀水鳥度巴丘公瑾人中傑子貞方外遊時危論出處吾道莽悠悠

題周瑜廟

雄姿不可見遺廟俯江干簫鼓龍祠近旌麾虎落殘樹勲先葛亮定伯走曹瞞獨恨三分後無人憶漢官

早春江行寄周子諒

茅舍一尊酒獨行江上歸風高去鳥疾野迥炊烟微青青麥苗長娟娟蕨芽肥寄語山中客無為空苦饑

雨夜宿竪圻

倚江茅屋小白髮困淹留燈影揺鄉夢雨聲添客愁二儀無定位萬國捴深仇誰省驪山事終同草一丘

和郭順則見寄

振衣楚山曉扇外暗飛塵蘇武終還漢揚雄獨美新栖

烏頭欲白来雁信非真懷抱向誰訴江鷗或可親

江上

江雲捲飛雨凉意静書帷兩岸烏歸盡孤舟客渡遲物

情能自適人事每兼悲不惜買山早黄金何可期

寄歐陽奎文周

長笑對南山浮名不似閒布衣經歳月茅屋寄鄉關山

曉捲簾靜雨凉看竹還令辰是好日把酒桂花間

壬寅正月十三日客退後書

酒從前日盡客又幾人来掃石俯流水煮茶看落梅為

儒生事拙會友好懷開但得情無媿妻孥不用猜

用前韻酬曹彥明

江上一盃酒春風令再来將心托芳樹囬首見青梅沈

醉有時醒閒愁何日開海翁機未息鷗鳥故相猜

同李主敬贈李將軍脩隴西公墓

李侯將家子重拜隴西墳宰樹田元氣豐碑補舊文子孫長振耀翁仲亦歡忻側想神靈語嗟君用意勤

春雨

日夜雨懸懸問春春可憐好花俱薄命似我負芳年雲氣低簾外江聲到枕前何時是寒食早已禁厨烟

桂林對雪

高閣延飛雪浮浮天際来亂飄隨地濶急舞逐風廻寒壓晨烟濕光揺暖氣開四山勢欲合雙桂立崔嵬

登樓

茅屋厭卑濕登樓思不羣天邊春色早牕外暮寒分把酒邀歸鳥捲簾驚宿雲直須借一榻高卧避塵紛

哭吴林鎮撫

幕府十年别烟塵暗楚關全家歸浙右匹馬老兵間劒術終難試銘旌復不還故人誰在側䰟斷萬重山

經周進士聞孫墓二首 次首重到一本另起

白日下幽谷孤墳宿草荒文章唐進士兒女漢中郎知

已長難遇憐才久不忘浦雲歸樹暝相顧色凄涼青山山下屋重到最傷神門掩桐陰日池分草色春雨雲翻覆手石火去来身誤殺空梁燕歸尋舊主人

雨中有懷

山中十日雨滿眼綠陰成園減蜜蜂課樹藏鶯鳥聲舊遊多掃迹久別每關情肝胆竟誰是凄涼白髮生

遊山觀佛堂和李尚文少府題壁

細雨涼生樹歸雲暝入樓燈懸金粟並香蓊翠烟流秀

老詩多好川明醉肯留濯纓吾欲往春浦水如油

十一月廿四日彥充弟忌日因歎成詩

瘞骨荒山道凄凉十六年老兄今白髪慈母久黄泉世事不如意脩途無息肩夢回孫客枕猶自淚涓涓

秋晚

獨坐不知晚捲簾雲正歸門因無客閉事久與心違墟曲蒼烟合林梢黄葉飛老懷付蕭散行到釣魚磯

九月朔日發家書

黄菊盡開未主翁明日田紅飛霜遥葉翠長雨階苔病眼隅重霧狂心着冷灰但須斟新酒兼有故人来

寄李子晦

懷刺將安往閑門空自勤山巖宜置我風月每思君揮翰唾成玉飛觴氣吐雲春来林木變鶴唳不曾聞

山館二首

偪側不敢怨飛騰殊未能野猿時送果山鬼夜吹燈口腹久為累語言難盡憑白頭方檢束飽肉愧飢鷹

貼石支松榻閑門收蠹編故人久不至病客得高眠松

擂晚風怒簾分秋雨懸老禪應可學世故苦相牽

已巳次日次從姪瀾韻

太平應有象王國早生申雲捧虞淵日天開壽域春千

年周鼎重百戰漢兵神側想朝元殿征南獻凱頻

和蕭伯章見寄

王孫文釆盛千里入神交貧極錦囊在愁來金盞抛雨

迎龍出峽雲護鶴歸巢欲寄相思意梅花霜後梢

黃州有警聞從弟銈已過興國度早晚可到家次首

憶從弟鐸

戎馬壓黃州君先理去舟艱難千里遠貧賤一身浮宿將令誰在親王只自謀長江如失險鄉國已深憂

憶昨王師捷還鄉近五年艱危惟我共俯仰得誰憐茅屋秋風裏烽烟夕照邊亂離今轉甚思爾只高眠

野宿

誰謂歸田好荒烟暗棘叢邊愁攢戰馬野宿逐征鴻捆

屨山涵雨煎茶竹送風讀書成蕿落擬學六鈞弓

靜思集卷六

欽定四庫全書

靜思集卷七

元　郭鈺　撰

詩

寄吳杜徵君

武夷空翠接秋陰古木蕭森石逕深中使又傳丹詔至山人長對白雲吟松花未掃風過席芝草初耘雨滿林九曲畫圖歸内府君王應許遂初心

送龍光庭赴都

帝城此去人千里馬上題詩記舊遊官酒滿傳鸚鵡盞宮花飛點鷫鸘裘星迴東壁文光動日麗中天王氣浮禮樂百年多述作才賢深足應旁求

登宜春衛公岩

衛公舊日讀書處濩落孤亭紫翠中野迴虹光分暮雨天晴木葉響秋風武皇國勢資雄畧牛黨私仇累至公論定是非誰復在晨鐘空託梵王宮

送胡元禮歸合淝省親

秋風林薄暮蕭騷千里庭闈屬望勞天入秦關開去棹霜飛楚峽擁征袍每看潘岳閒居好始信張翰歸去高我亦天涯漂泊久因君愁思滿江皋

和虞學士春興八首

官河春水湧輕濤来往千艘不用篙江浦女遊遺玉佩瑶池仙降獻金桃秋山拔地烟花暝閶闔中天日月高早歲功名看得意扶揺風力送鴻毛

鳴佩天階委碧莎雪消太液漲晴波玉盤露浥仙人掌
宮錦花添織女梭王子問安田輦近儒臣進請賜金多
明朝引見拂狼使樂府新傳天馬歌
沙苑烟晴苜蓿肥朝田天馬錦爲韉詞臣會送歸青瑣
進士傳呼換白衣雲氣曉依宮樹近春陰晝護苑花飛
君王又進長生藥萬里樓船海上歸
城上觚稜霧靄迷角聲吹徹鼓聲齊雲生水殿龍常現
月滿宫松鶴並棲風俗元存中國舊天文並拱北辰低

倚樓欲問通霄路誰借青雲百尺梯

萬里驅車入帝闕十年栖息一枝安承恩數對麒麟殿

卻老何資龍虎丹金水漲波融雪盡碧桃分蕋到春闌

江南却憶看紅藥紈扇羅衣不識寒

清明烟散柳枝斜宫樹沈沈點白鴉暖霧撲簾成細雨

朔風吹面射飛沙江南最憶王孫草天上催宣宰相麻

十載滄洲孤舊約鹿車何日共還家

柳林笳鼓曉清饒王子春蒐出近郊雲錦宫袍攢萬馬

鐵絲箭簇落雙鵰蒲桃壓酒開銀甕野鹿充庖藉白茅
共說從官文采盛不聞舊尹賦祈招
浩蕩天風駕海航忍從兒女問耕桑珠聯魚目知誰識
劍吐龍光不自藏司馬倦遊曾建節買臣歸去容懷章
只令豈是無詞賦材俊中朝少薦揚

送王國琛使君赴福州

閩嶠來迎新太守旌麾遥颺海雲低天書夜下羣龍會
露冕春行五馬齊荔子已無中使勅繡紋猶作白衣題

竚看到日傳嘉政棠樹春陰滿建溪

賦得越王臺送萬載教司令之官

層臺高與越山齊南斗諸星入地低海氣秋澄鴻雁到野烟春合鷓鴣啼官船北走輸珠翠幕府南開振鼓鼙側想到官多暇日登臨長聽玉驄嘶

送萍鄉袁茂才歸縣試吏

玉關門外班司馬抗疏歸來白髮愁絶域功名空老大少年鄉國自風流花飛細雨朝迴馬月滿前川夜放舟

始信封侯馳萬里不如吏隱近滄洲

寄孫仲植文學

秋來最憶孫文學無數黃鷄啄黍肥得酒定邀諸弟飲看萸應少一人歸蒼龍出峽雨先至白馬渡江雲共飛季子敝裘令更少還鄉信使故應稀

寄阮宏濟兼簡楊亨衢少府

舊時文物數江東誰似風流阮嗣宗紅袖醉歌金縷曲牙旂歸導玉花驄神仙原與塵埃隔賓客應多氣概同

寄語龍泉楊少府園花不減舊時紅

東王奎伯仲

我愛王家之二難越羅裁剪春衫寛折花滿簪紫茸帽寫詩自作烏絲闌玉壺載酒留客醉竹竿把釣攜兒看明朝更約溪南去一樹錦桃花未殘

寄劉淵茂才字象賢

山館前宵忽夢君紵衣如雪照晴雲門前種菊開三徑壁上題詩寫八分酒浪紅深傾琥珀劒臺翠澀綉龍紋

多情指畫秦臺近一曲鸞笙月下聞

和虞學士登宜春臺

萬家平地擁高臺窓戶層層近日開鶴致瓊花迎帝子龍持貝葉禮如来雲依老樹秋如畫峽束飛濤雪作堆惆悵當年歌舞地碧桃開落幾千回

題興國王祠

萬山濃翠湧飛濤縹緲王宮結搆牢兵衛焜煌連瑣甲香烟浮動鬱金袍晨飛脉嶺雲初散夜舞胎仙月正高

仙苑碧桃春自醉豈容野客薦溪芼

澄虛亭

匹馬江上行且停蒼松夾道風泠泠波光倒吞落日白
雲氣下接炊烟青山僧獨行掃殘葉水鳥雙飛廻遠汀
主人邀客領奇勝賦詩把酒澄虛亭

賦鶴骨笛

雲沉碧海葬飛仙樂府新裁紫玉員律呂相和依象管
雌雄猶似唳芝田老蛟夜舞君山月采鳳春遊嶰谷烟

想是好奇心獨苦琵琶昨日購鵾絃

賦文山硯

碧玉秋涵曉露滋相君十載共襟期承恩久在文章府借潤終無軟媚詞旗舞龍蛇廷對早詩成珠玉載歸遲可憐月落空坑夜無復追隨到鳳池

早秋有懷歐陽文周

日暮獨迴江上舟江波不盡思悠悠虹垂青澗分殘雨風湍碧梧鳴早秋用世有材須汲引思君為客久淹留

綵樓七夕凉如水知共何人望斗牛

寄楊和吉

不見故人愁我心江山信美倦登臨附書白鶴幾時到結屋翠微何處尋風撼竹樓憑雨勢雲歸溪樹作秋陰琅玕細簟凉如水應掃桂花彈素琴

和李茂才牡丹

舊来聲價洛陽高歌舞千金費酒醪霞擁暖紅圍綵檻日描晴影繡宫袍百年富貴花神醉一曲清平筆力豪

近說開筵追勝事詩成壓倒舊官曹

哭宜春義士彭維凱維凱復袁州遣迎監郡某元帥以下歸視事守土將某忌其功遂殺之

風折旗竿臥落暉殘兵揮泪脫戎衣徒聞即墨田單在不見成都鄧艾歸獻凱何時承寵渥爭名自古抱危機宜春元帥還相問近報洪州未解圍

宿七里山十一月二十二日余始得逸歸值臨江兵至楚金退斬九十九級軍聲始復大震

寒松霧暗月西頽人語無聲鬼語哀郡國忍聞侯景詔朝廷初棄戴淵才風傳鼙鼓驚魂戰天入鄉關望眼開骨月死生俱未卜泪痕血點滿蒼苔

癸巳元日

屠蘇酒暖破朝寒舊寫桃符忍再看太史未頒周正朔遺民思覩漢衣冠天邊星斗孤槎遠雪後江山萬木殘再拜中庭賓旭日共瞻霽色散雲端

二月二十七日聞故鄉寇退

銅駝荆棘換東風消息南州久不通芳草得春烟漲緑
野棠無主雨飄紅琱戈元帥登壇暇寶玦王孫哭路窮
回首親朋揔悽惻相逢但索語音同

寄龍子雨

書到山中收泪看出門愁散楚天寬落花春盡休文瘦
細雨更長范叔寒金帶官情違俗久綈袍交態見君難
欲為後會知何日酒熟還家得盡歡

贈劉明道

義旗獻凱滿南州君擁兵符控上流隔岸人烟鄰虎穴
中江雪浪送龍舟劒鳴秋匣元霜下馬浴晴波紫霧浮
白羽指揮能事集底須萬里始封侯

秋日還山聞南省消息示從弟銓

南國風高聞好音隣翁酒熟晚相尋鴈飛漢苑書来往
竹暗湘江淚淺深茅屋暫歸秋四壁栁營煩費日千金
瘡痍早使能蘇息獨抱長貧亦素心

重和荅周聞孫進士兼寄宗瑾

飄零不改舊鄉音来往空山貴獨尋楚地人烟三户在
漢家宫闕五雲深急風亂颭蒹葭雪斜日殘明橘柚金
公瑾雄姿最英發還鄉何日共論心

分府同知瑶童相公大閲之日天使適至喜而賦

詩奉寄劉賔旭參軍

鼓角緣邊永夜哀使車忽自海南来中朝舊法三章在
大將新圖八陣開玉帳分明傳號令金臺雜遝貯賢才
早看送喜麒麟殿五色雲中進壽杯

金絡銀鞍翡翠裘叅軍馬上最風流相逢把酒青油幙
每憶題詩黄鶴樓綵鳳啣圖堯殿曉蒼鷹掣翮楚山秋
攀龍早及風雲會歸換貂裘尚黑頭
韜鈐兵衛立參差軍務初閒且賦詩健筆有神傾後輩
美名如玉重當時青雲鶴引朝天路白羽鸞翻洗墨池
近見元戎再乘勝憑君多製凱歌詞
侯印軍符塞紫衢儒生白髮混泥塗兒騎竹馬談兵法
地畫桃源入戰圖雙劍舞閒歌激烈一燈愁絶照清癯

山中薇蕨秋風老心折孤村返哺烏

和楊繩彦正茂才

伏劍三年去里閭桃源仙客獨安居雨鳴修竹涼欹枕花落小窻晴護書誰與捲簾通燕子自須入海掣鯨魚村園明日君能到一徑蒼苔待翦除

甲午元夕

已無釵釧典村醪兒女炊羹薦野蒿燈火獨搖元夕夢干戈渾減少年豪雲韜月色歸天闕雨壓寒聲欺布袍

却憶將軍平寇處崑崙夜度不辭勞

雨中過龍西雨

雲連茅屋樹聲寒舊補貂裘帶盡寬蕭瑟鄉關愁庾信
清明風雨過蘇端蒼龍波暖開鱗甲黃鳥巢深護羽翰
側想蓬萊雲氣上羣仙縹緲控飛鸞

感懷

白髮溪翁斸草根晚炊兒女帶啼痕斜陽燕語興亡事
陰雨鬼號新舊魂戰伐不聞烽火息誅求惟見簡書存

艱難負米歸無日夜雨青燈夢倚門

晚過山莊

草滿畬田落照斜溪行盡日少人家自傷直性從干謁誰在窮途不怨嗟香火氤氳王子廟旌旗明滅長官衙主人問客知名姓始肯開門喚煮茶

和楊彥正茂才

故山疊疊是愁端真宰何由剗翠巒客館雨聲燈火共

皇都春色畫圖看花飄金谷彩雲散木落洞庭歸雁寒

見説攜家近仙館紅塵咫尺不相干

南省戰船至吉安喜見官歷

干戈阻絶歲時遷幾向空山卜月圓仍覩帝堯頒玉歷兼聞楊僕將樓船旌旗日月臨西楚帶礪山河拱北燕賴有忠良扶社稷頗聞籌策早安邊

寄賓旭劉叅軍

經年避地百憂并君獨還鄉少俗情淨洗木瓢分藥晒新裁紈扇寫詩成半蓬溪雨羣鷗散萬壑松風獨鶴鳴

只好閉門度長夏巾車莫遣野人驚

送阮宏濟赴梁使君幕

諸生白髮守章句磊落長材自不羣河内已留賢太守
霸陵又起故將軍鐵絲箭鏃鳴秋月銀錯旗竿豎曉雲
文釆久為當路重更期馬上立奇勲

贈周原道兼柬安子静將軍

武節遥瞻漢署郎威稜猶帶柏臺霜江通吳楚波濤息
天入燕秦道路長白羽書揮談虎畧黄旗箕捲護龍驤

宜春進士兼文武好是青雲共激昂

寄羅履貞兼柬謝君績

烽火平安月正中思君長倚翠樓東儒生憂國燈前淚壯士封侯馬上功半榻松風看草檄一庭花雨坐調弓謝莊文采江東少青竹題詩想最工

送朱鵬舉照磨赴江西省掾

花外銀鞍韝紫騮省郎文采自風流英雄舊揔三千士美譽新傳十一州山擁宜春深帶甲江通章貢小容舟

晨趨黄閣參籌畫頗審安危拓遠謀

白鷺洲晚泊呈天隱兄山長兼柬曹居貞

白鷺洲前春水寛素王宫殿壓驚湍風飄墜瓦鴛鴦冷雨暗踈篁翡翠寒維翰未能穿鐵硯叔孫先已改儒冠淒凉講席君仍在晚歲氷霜獨立難

大洲宴集

殺賊歸来心甚歡酒美不辭春夜闌俯江樓逈月色白緑邉鼓歇烽烟寒玉驄誰送美人去錦瑟更為將軍彈

慚愧書生飲獨少自剪銀燭題詩看

寄楊和吉龍西雨

江南徐庾知名久文采風流伯仲間彩筆題詩傳上國

畫船分雨過西山管寧舊向遼東老杜甫新從巴道還

擾攘戰塵徒旅苦故人應怪鬢毛斑

山中

柴門日落鎖秋陰白酒愁来只細斟松下紫苔留虎跡

雨中蒼檜作龍吟漢宮金狄空垂泣秦地桃源不可尋

咫尺山中愁出入何時江上足登臨

别蕭伯章

蕭郎三十文采殊錦霞暖矗青珊瑚酒來獨對公榮飲詩成笑遣王奎書黑風捲雲慘飢虎黄葉打頭騎蹇驢明日山中徑歸去梅花夜月情何如

即事 時監郡納速兒丁改除廣西監憲而省都事吴八都剌提軍至

西上官船日報頻倚門收淚問行人潁川太守終難借細柳將軍始是真木落高秋懸殺氣律回寒谷見陽春

不辭斗粟輸軍府但覓山巖着老身

寄劉賓旭

舊日相逢玉雪姿三年幕府鬢如絲波濤入海屠龍苦
風雨還山買犢遲客到定能頻喚酒花開應不廢題詩
只憐雙劍牀頭吼又是鄰鷄報曉時

奉和劉士貴

路轉春山畫啓關玉驄深繫緑楊間延平波浪雙龍合
遼海風烟獨鶴還扇外紅塵從戰鬭尊前白酒且清閒

諸孫早歲多文采憔悴青燈我厚顔

寒夜思親

老親白髮抱諸孫寄食偏懷地主恩故國山河空洒淚殘年風雪更消魂績麻誰與分寒火待米長孫暮倚門

生子不才名位晚愁來詩句共誰論

奉寄呉琳子茂鎮撫二首

宜春臺前記勝遊主人與客俱風流春穠攜酒騎小鐵夜深分燭歸南樓雁鴻幾年斷書信豺虎是處森戈矛

聞君揔戎下章貢明日相候青門邱

英雄之姿不易得慷慨汗馬收奇功簸旗風高捲飛雨

舞劍日落摇晴虹官酒春酣百盃緑檄書夜草雙燭紅

竚看獻凱報天子錦衣五馬蓬萊宮

愁甚

白璧黄金不療飢王孫攜此獨安歸四郊烽火山川窄

十月雨寒雷電飛豪傑憂時常共濟功名報主不相違

臨危進退如無據青史他年有是非

殘年

久愁兵氣漲秋林不謂殘年寇轉深四野天青烽火近
五更霜白鼓聲沈金張富貴皆非舊管樂人材不到今
江上米船看漸少旋書未報更關心

和周霽海吳鎮撫詩三首就呈李伯傳明府

老子懸車歸舊隱諸孫戲綵送晴暉畫圖烟樹松千尺
門徑秋花菊四圍得句欲題青竹滿攜琴每候白雲歸
殘年頗覺頭如雪愁滿江空羽檄飛

牛斗秋高劒氣横幾人馬上取功名扇揮白羽臨風逈
甲鎖黄金射日明賈詡自期能料敵山濤誰謂不知兵
官軍蓄鋭何時發久厭城頭鼓角聲
愁来倚劒立蒼茫誰在籌邊策最良捕賊五更唐李愬
揮戈萬衆漢雲長烽烟滿堞城樓近鬼火寒穿石逕荒
多少才官鶡羽箭不知何日殪天狼

丁酉元日

城北城南暗戰塵東風吹淚滿衣巾秦讐猶待楚三户

漢將徒封趙四人此會屠蘇濃味薄誰家桃板舊題新

賽神江上情如海且祝平安問老親

風雨舟中作

憔悴江頭路已窮小舟隅岸復相通歸雲亂擁青山樹

飛雨斜穿白浪風避地數年成老醜累人一飾尚西東

憑誰為息鯨蛟怒容我滄浪作釣翁

感事

荆徐千里混干戈日日君王候凱歌上相出師三月罷

南人待援六年過未休練卒誅求盡暫脱歸囚反側多
獨拜將壇須國士掄材誰似漢蕭何

道逢八十翁

八十老翁行步奔存亡共訴斷愁魂千金歌舞隨流水
六載干戈棄故園晚竈燎衣籬竹盡春牛换米草蓑存
情知青史無名姓短策猶期報國恩

東王志元茂才

親朋亂後長相失伯仲江邊得數過久客問鄰賒酒易

知君隨處賦詩多鳥啼花樹驚殘雨鷗散柳塘迴細波
懷抱暫開欲相問不知佳句近如何

晴曉

最憶山中桂樹林早春無日不登臨衣冠並集吾廬盛
旗鼓俄分將壘沉山色故鄉青未了鬢毛新歲白相侵
物情自覺傷懷抱野鳥弄晴空好音

和劉淵象賢晚眺

日落孤城疊鼓聲誰家山北復山西干戈滿地愁相續

道路還鄉望轉迷風度生香花遠近雨團濕翠竹高低
劉郎欲問桃源路紅葉流波好自題

奉同楚金和蒲掾

健兒分隊舞朱干玉帳將軍按劍看笳鼓夜鳴邉月迥
旌旆曉竪野雲寒皇圖不假山河險民俗終同社稷安
早晚虞廷有苗格薰風披拂五雲端

奉和劉賔旭兼東羅履貞

時危南國久連兵幕府才華得合并蔡寇遂煩唐宰相

漢儀猶待魯諸生三邊烽燧晨傳箭千騎弓刀晝繞營
主將策勲朝帝闕從官應許任公卿

送楊和吉過龍興

十月北風蛟鼉伏樓船安穩出官河交遊湖海知誰在
將帥朝廷近若何一水纔通南浦近衆星還拱北辰多
清和元帥煩相問獨釣寒江月滿蓑

奉贈江西省郎中顏希古

江西羽檄日交馳君佐中書策最奇南極星垂天地正

北庭兵合鬼神知君王舊賜馮唐節父老新傳李愬碑
盡刬賊壕歸禹貢更煩深意問瘡痍

客鬢

夕報將軍奏凱歌馬前又見擁琱戈民情共倚金湯固
客鬢惟添霜雪多何日梧桐鳴彩鳳舊時荊棘卧銅駝
無衣無食歲年晚妻子山中如苦何

小除夕

當年臈月還鄉早弟勸兄酬何怨嗟腸斷此時同避地

眼穿永夜倍思家鄉闗去雁渾無信風雨寒燈不作花

最是五更情調苦城南吹角北吹笳

與黄子益將軍

將軍文采舊知名幕府分曹按甲兵雪壁畫龍晴霧合

羽林飛鳥朔風輕趙雲對敵闗張並馬援歸朝隴蜀平

凴仗早除狐兎亂吳山楚水共秋澄

大洲晚發

城南桴鼓轉相驚却憶漁舟問水程千頃江波鷗出没

數家茅屋樹枯榮客行落日凝愁思人隔疎烟聞笑聲
惆悵竹籬沽酒處夜深燈火不勝情

奉柬陳君與掾吏

漢室元勲曲逆侯諸孫文采藹南州薇垣地切星河冷
幕府霜飛草木秋彩筆樽前賦鸚鵡銀鞍花外鞲驊騮
獨憐江海干戈滿願展安邊第一籌

和酬友人

百年誰肯長拘束每到花時愁悶過金石人間春夢短

玉堂天上月明多歸栖舊燕依林木變化飛魚借海波
逆旅馬周豪氣在憐才深意待常何

奉同順則贈鄒省掾

中朝大將霍嫖姚材傑如君早見招入幕文書金印大
行營笳鼓玉驄驕兵謀合變元多與殺氣憑陵未盡消
好待楚江鯨浪息白雲深處共歸樵

戊戌元日

戎馬七年猶帶甲客懷元日厭題詩愁來刁斗聲相續

老去屠蘇酒到遲野燒暖田雲際碧江梅寒護雪殘枝近聞拜相登耆舊郡國朝正莫後期

送李謙道入省叔父

中郎不見十年過千里趨陪意若何骨肉共論青眼舊形容應接白鬚多三關虎豹傳新捷百粵鶯花入醉歌莫歎他鄉為客久故鄉是處阻干戈

奉和龍西雨自洪見寄 同此韻和寄楊和吉一首見贈

青樓風月故相干慷慨尊前舞地寬錦綉春明花富貴

琅玕晝靜竹平安杉闗旂鼓元戎勝閩海巾車去客懽
舊日交親應有問一蓑烟雨楚江寒

和寄龍長史

扇外風塵素不干湖光遥送酒船寛錦箋傳草春詞好
銀燭燒花夜枕安四海交遊空老大百年世事半悲懽
子真谷口深相憶黄犢無苗風雪寒

和劉叅軍

欲剸蛟龍試莫干東南天地洞庭寛鄭虔早被才名誤

晁錯終期社稷安年老青燈徒自苦時危朱紱為誰懽
直詞照雪慚高誼排悶裁詩淚點寒

和寄歐陽文周

厚禄才踈不敢干幽栖暫遣客愁寬屋前老樹留雲宿
竹外茅亭向水安書寄鯉魚今始到杯傳鸚鵡不同歡
龍泉舞罷獨長嘯宇宙誰知范叔寒

和寄王仲京

暮雲飛盡倚闌干懷抱何時獨好寬天下兵戈愁杜甫

雲間鷄犬憶劉安每傳佳句看君好想對芳尊共客歡
香染越羅春袖薄楝花風起不知寒

和寄從弟鐸

畏途阻絶卜支干夕見鄉書意始寛癡腹於人深有累
驚魂從此暫相安弟兄相顧三人在風雨還孤一日歡
春色故園付流水白鷗應怪舊盟寒

和寄從弟銓

腐儒憂國淚闌干江海容身何處寛驚報每愁諸弟隔

臨危但祝老親安對牀風雨長相憶負米晨昏不盡歡
最苦二郎獨寘漠晚烟原上鶺鴒寒

贈宋經歷

山繞青原百雉城入關盡說長官清才賢肯為明時出
政事多資賛畫成禾黍秋風螟螣息梧桐朝日鳳凰鳴
晝閒好讀開元紀節操存心慕廣平

哭羅達則

太阿出匣捲晴虹誰肯埋光九地中萬國攜書來上國

一時揮翰動諸公杜陵避地身將老宋玉招䰟事已空
前輩交遊看欲盡為君彈淚灑秋風

西雲亭種菊未開以余歸期逼迫時預賞之即席
賦

層層種菊繞籬斜秋色偏歸處士家擬鑄金錢酬歲月
得依玉樹伴烟霞清風江上催行李白髪尊前作插花
貯酒尚須留九月西風平地岸烏紗

題分宜縣胡於信釣翁詩卷

嚴光不作漢廷臣今日聞君亦隱淪草笠暮歸三峽雨
竹竿晴釣五橋春長歌鼓枻知音少滿卷題詩入畫真
馬上行人莫相問白鷗波暖最相親

哭蕭叅謀夔翁

南州進士盛才名幕府叅謀仗老成筆舌夜搖星斗動
襟懷寒漱雪霜清平淮碑踣慚裴度哀郢魂歸訴屈平
多謝沔陽劉太守為題文誄弔先生

中秋與郭恒飲從弟宅忽聞淛犬陸梁恒驚去風

清月白臨別悃然次日移詩從弟和以寄懷

兔罝雉網林中邊鴻飛冥冥誰使然欲歸故山弄明月
如隔弱水招飛仙蒼生何時各安堵賤子今日嗟倒懸
千金不留魯連住銅駝荊棘愁風煙

寄從弟銓

舊廬每愛桂花秋風月涼宵足勸酬盜賊未平身漸老
弟兄相望淚空流經年避地魚赬尾何日還鄉烏白頭
側想早春天氣好掌珠初見慰深愁

寄劉玉正茂才

城南燈火連牀久獨夜荒村費苦思風雨何時尋舊約江山是處有新詩海棠春暗飄香盡鸂鶒天寒喚客遲明日還鄉須作伴買船沽酒共襟期

東王志元

收淚看花花轉紅花前心事想君同幽燕車馬從天下吳楚舟航與海通貴賤不應懸趙孟去留終擬報曹公石田秋雨喧鷄鶩早附冥鴻萬里風

贈劉淵

老樹蟠堤抱石危晴雲過雨出溪遲有時歸鳥落山果無數飛花懸網絲得酒不消為客恨連牀長欲與君期此情最倚相知久莫怪新來嬾作詩

和郭順則登五峯仙壇

蒼山遥拱鬱藍天鷄犬雲間盡得仙雨散天颸彌八極碑磨巖石照千年漁舟隅浦搖春浪茅屋倚山炊午煙見說隣僧知敬客長廊晝靜共叅禪

用王晃韻送解元祿茂才

時危結屋傍巖阿野逕春烟匝翠羅四海俊賢唐貢舉百年父老漢謳歌山涵霧露藏元豹水會陂塘散白鵞地僻此時賓客少松陰掃石坐長哦

避地石洞有懷羅處士就東周以立進士

勍敵雙崖立洞門石稜斜鬬浪聲喧屋前松長山人去堂上藤垂石佛存西望鄉關通鳥道舊題歲月滿苔痕重來又迫干戈苦空憶桃花遍水源

樓居晚對

四山紫翠鬱嵯峨愛此樓居每獨過窗户晴通雲氣濕竹松暝挾雨聲多時危耆舊疎來往地僻漁樵共嘯歌對酒暫開懷抱好莫思戎馬近如何

寄楊和吉歐陽文周

黄鵠一飛幾千里高標矯矯離風塵宗元有恨為司馬郭泰無名與黨人富貴致身何用早是非論事或難真二君舊日皆知已旅食他鄉莫厭貧

送別從姪淳

愁心長繫晚峯青避地何時馬足停草樹四山區域小
風埃六月髑髏腥無從灞上嘶劉禮始信遼東老管寧
惜別恨無尊酒共臨溪為爾汲清泠

十二月望又自新淦泊桐江時弟銓初發

遠營鼓角送悲酸十口無歸泪不乾孤雁哀鳴秋浦遠
慈烏待哺夕陽殘江南戰骨遺民盡天上除書選將難
敢望伊周明至理願聞韓信早登壇

和龍西雨韻寄楊和吉

權門噂沓事無干老大休文任帶寬狡兎經營三窟苦
鷦鷯棲息一枝安漁樵路熟成長往鼓角風高慘不歡
獨有西雲亭上客金錢買酒敵春寒

王進屢承徵會因寄此詩

山陰先生讀書處元豹落日司巖扃落花滿院春寂寂
長松隔水風泠泠有時獨隱烏皮几乘興自寫黃庭經
座上賓客日應滿不知雙眼為誰青

寄羅伯英

江湧春帆枕上聞殊鄉無伴獨離羣始知詩事能窮我
獨喜墩名又屬君風燕入簾梢落絮雨龍歸洞駕輕雲
遥知鄰曲過從熟每日還家酒半醺

悲龍興

七載奇功一日隳眼看白旆換紅旗支祁不避旌陽劍
絮酒誰澆孺子祠南北選材從昔異安危任事摠難期
可憐千疊西山石留刻何人節義碑

悼巳

種竹經年長未齊半枯半死近窻西天風飄鳫歸雲沒
山鬼憑狐當晝啼世亂獨懐徐庶母家貧久累買臣妻
眼前事事堪腸斷欲問西山路轉迷

春懐

前水推懐後水推推愁不盡載愁來雪消海上蘇卿老
春到江南庾信哀客路但聞啼鳥樂人情不及野花開
交游况復踈還往獨對青山勸一杯

社日

甲子頻書入短篇細推五戊卜春田讀書未有平戎策
止酒聊輸祭社錢紅樹花穠春向晚畫橋柳暝雨如煙
舊來歌舞今誰在燕子茅簷只自憐

己亥六月初五日

不惜千金一笑揮危途驚定始傷悲問安慈母翻成泣
乞米貧交不療飢揔謂魯連曾却敵謾傳李涉舊能詩
只從鄰曲多豪客無怪荆吴滿戰旗

和友人别怨

風急長空舞落花獨收殘淚暮還家畫闌砌曲圍芳草緑樹庭空噪亂鴉不見韓娥沈漢水空傳蔡琰按邊笳遥知今夕天涯客鄉夢難成月易斜

余窮阨閭里年甚一年風雨重陽世味尤惡因思去年索酒於志明以與黄花解嘲今年志明亦復避地雖黄花可得見哉感慨成詩又無與寄因題之壁上以記此時情况焉

風吹烏帽晚颼颼顛倒空尊不自謀賒酒鄰家慚舊債
題詩茅屋載新愁黑雲雨壓千山暝黄菊花深三逕秋
今日鄉關最蕭索念君何處獨凭樓

九日和從弟銓

菊綴疎花雨滿林人情爭似酒杯深百年顛倒皆如醉
九日荒凉不廢吟投暗自慚輕白璧知音還擬鑄黄金
一襟愁思鴒原晚賴爾相從桂樹陰

和劉淵見寄二首

南國干戈積九年四年相别最相憐病看菱葉疑非我飢啖松花似得仙青鳥謾期春後到白雲不掃夜深眠故人半在無消息讀罷君書倍愴然

幾何歲月頭令白况復亂離生事難千里雁聲雲外斷一春花事雨中殘長年寄食貂裘敝獨夜悲歌燈火寒親舊江湖多阻别艱難誰與共心肝

寄郭沛

最憶山原處士家朱簾樓外捲飛霞梅花清影斜侵案

韭葉寒香細入茶教弟舊書常共讀待賓新酒不須賒
春来頓覺疎還往長遣歸心托暮鴉

送周宗泰之九江

花外晴雲飄白紵匣中秋水卧蒼龍揚帆直破西山雨
把酒先招五老峯勝地登臨增感慨昔賢出處每從容
柴桑咫尺君須到無數黄花秋露濃

題宋氏草庵

老大還鄉草屋新乾坤俯仰一間身卧龍自是奇男子

歸燕還尋舊主人竹逕排墩留坐客柳塘分水過比鄰共擠野性親魚鳥高義無多駭俗塵

欽定四庫全書

靜思集卷八

元 郭鈺 撰

詩

晚眺

眼看淮海待澄清骨滿邊城苦戰爭老大不堪思往事
飢寒久已厭吾生烟深薜荔棲烏急風響蒹葭落雁鳴
惆悵故人書不到別来十載最關情

去年中秋與郭怡飲舍弟處酒半以事散去今年余飲桐江上又以羣不逞又走渡東岸德之不建民之無援哀哉

玉簫聲斷彩雲收扶醉倉皇問去舟魑魅瞰人成往事姮娥送客變新愁蘆花掩映漁燈暗桂樹荒涼茅屋秋八月使槎何處在銀河天曙淡悠悠

送從姪淳

路窮淮汴草離離志士空嗟歲月馳靦面人心山萬疊

緣愁客鬢雪千絲風悲洛浦海鳧至月冷漢宮金狄移
從古戰危頻易將君王見事獨何遲

晚秋鼇溪宴集

菊花香滿酒如傾不謂艱危有笑聲驚座令嚴觥録事
揮毫氣壓楮先生虛嵐紫翠籠秋色落木紅黄透晚晴
却憶桃源舊時路漁郎重到不勝情

寄東周說書

聞君進講東宮日衣染天香從早朝鶴舞層霄燕闈近

馬嘶歸路楚山遥貞元朝士多相憶少室山人早見招
我亦疎頑人共棄一蓑長願混漁樵

雪中負米晚歸傷題七字句因柬李尚丈少府

蕭索風烟暗五陵羣黎愁苦復誰憑早年識字知何用
垂老為農病未能負米晚歸沙上雪拾薪寒煑澗中氷
不眠永夜瞻牛斗光怪猶疑劔氣騰

早春試筆

臘雪留寒壓草廬陽春攜暖散天衢喜聞諸將黄金印

共捧中朝赤伏符詩句且題新甲子酒杯不愧舊屠蘇
洗兵雨至應須早半畝瓜田得自鉏

宴酬王志元

前月中旬得素書書中問我近何如浮沈漸與鄉鄰狎
貧病多令故舊踈杖外飛花春水慢樽前啼鳥午牕虛
詩成昨夜空愁絶夢到君家水竹居

村居

薜蘿雨静覆深階村徑陰成愜素懷鳶敵高風疑不動

鴨分歸路整相排抵愁得策將詩改療癖多方與俗諧四五鄰家農務早時能送酒到山齋

寒食日紀懷

不到東園滿數旬萬條煙柳翠光勻雨中春懶鶯如我花外晚愁鵑逼人近有詩名真忝竊老於世事每因循煮芹炊黍作寒食破甑清晨洗宿塵

貽劉伯敏 去年余嘗寫舊詩貼壁間一日盡失既而從弟鐸過伯敏乃知為伯敏取去相與一笑寧知其非燕石歎故詩中及之

江海歸来少夢思論文猶恨識君遲雪鴻竟去空留跡天馬長鳴不受羈每日想君池上酌有時和我壁間詩滿林秋色風煙晚甚欲相過未有期

聞龍西雨自閩海間道抵家患目疾缺於展覿先寄此詩

萬里征帆海上回畏途行盡始驚猜入門兒女牽衣笑問事親朋載酒来書有浮沈誰與送眼無青白故難開蕭蘭晚歲俱凋瘁佳句惟應到野梅

和劉淵見寄

半畝瓜田近故侯鬢絲霜滿不禁秋愁期尊酒常先到貧待鈎金不易求天上龍光纏寶劒人間蜃氣結飛樓哀時況復多離别雙淚惟添楚水流

和曹文濟寄楊和吉韻

盡傾東海成春雨鄰曲過從阻萬山無限客愁添白髮況兼人事劇黄鬬瑶臺花落題詩少金錯囊空得酒難白日逝波真可惜一庭芳草閉門閒

和歐陽奎自洪都見寄

愁来不敢縱高歌對酒其如白髮何十載干戈豪氣少一編史傳是非多未能傳箭收青海且復還山卧紫蘿氣轉洪鈞妖祲息終看王化被江沱

和周宗瑾寄彭南溟進士韻

射獵歸来箭血乾門前車馬簇金鞍交遊有道多三益伯仲能文見二難日共飛觴詩卷滿夜歸草檄燭花残愁余江上空相憶水激寒沙不可摶

寄宋竹坡

宋公池上千竿竹六月翛翛秋滿林漏日遊絲懸落絮繞渠流水浴鳴禽江湖十載皆陳迹風雨五更收壯心汲水細澆籬下菊花時容我一登臨

和酬羅達則

聞君釀酒滿春甕淨洗深杯候客過聽雨山樓燒燭短掃雲石壁寫詩多門生傳草當先到畸客飄蓬不共哦稍待秋高涼月夜相從細問法如何

和劉伯貞見寄

斯文同味似同宗長日思君意萬重客館雨来秋種菊
故山雲去晚看松流傳近日多詩句邂逅何時共酒鍾
如此交遊能幾輩白鷗結社願相從

和羅習之見寄因柬劉淵二首

昨日尋君恨不逢離愁散入莫煙中古陂淨瀉秋千頃
歸路斜分月半弓年少向人偏骯髒時危臨事始疏通
論心長欲書燈共無奈君西我復東

中年離别倍依依何事懽娱與願違日落羣鴉烟外急
山空獨鶴月中歸干戈滿地荒瓜圃蓑笠殘年擁釣磯
問訊劉郎風雪冷誰将金縷織成衣

二月初晴題淦西居人樓壁

老去才名久退潛樓前晴景逐人添雲連野樹深藏徑
風捲溪花亂入簾遠信忽傳閩徼外閒愁盡掛楚山尖
春光流轉曾相識獨怪經年雪滿髯

三月十三日夜宿涂西山絶頂

夜登絶頂幾千尺臨曉始知歸路遥水滿大江舟霄霄
塵飛客路馬蕭蕭山河勢窄如懸網雲漢光低不作橋
十二年間多少恨春来不共凍痕消

懷羅達則

溪山杖屨每相違況復經年去不歸移席花間春雨至
倚樓江上暮雲飛鄉書到手無悲喜世事關心有是非
池上柢今新緑滿待君同製芰荷衣

寄劉伯貞

山中長日倦題詩偶望鄉關有所思飛雨忽隨龍去遠
閒雲獨伴鶴歸遲度溪風剪松花落繞徑籬分藥蔓垂
遥想西樓今夜月玉人正是醉吟時

六月初十日客館披涼寄伯剛文學蓋傷於處者
也

君王無復問南州賤子何能戀敝裘菡萏風清長日度
梧桐雨冷晚秋愁一窮到骨更何有萬事傷心不自由
避地惟應蓬島去羽輪人世向誰投

寄胡混伯清兼柬周子諒

積雨初晴緑漲溪溪花飛舞屋東西鳥銜朱果珊瑚碎竹放青梢翡翠迷池上酒杯無俗客壁間詩句有新題結廬不用雲深處門閉惟聞過馬嘶

贈賣卜雁明信

憶自成都失老嚴一年心事向誰占謀身每信黄裳吉涉世空嗟白髮添太古圖書含變化後来象數極窺覘聞君講易長無倦客散中庭月滿簾

九月兵至桐江館人死李文麟以詩相弔故復和之二首

江水滔滔流恨長交親十載頓云亡空村烟雨豺狼滿老圃風霜松菊荒漉酒陶巾猶在手招魂楚些忍成章論文不使逢知己敝帚千金祇自傷

白髮山翁最好文昨朝杯酒死生分可憐耆舊多新鬼未必臣民負聖君鶴語謾傳遼海樹龍文長想碭山雲扶危實藉英雄士馬上相期早策勳

對雪懷郭順則

寒壓貂裘曙色微水村山郭遠涵暉瓊田萬鶴淩風舞玉女千花繞座飛勲業平淮碑石在風流訪戴酒船歸想君懷古偏多感肯使緇塵涴素衣

旅館懷舊

天涯剪紙賦招魂寂寞空齋晝掩門春燕同来人事改夜燈相對語音存松花满地閒棋局桐葉經年上石墩豈是老懷多感激百年交誼共誰論

題邊少府權詩集

君才浩蕩漲溟波燕趙論文俊傑多枕上聞雞先起舞花前把酒獨長哦漢皇不識神仙尉蘇子偶逢春夢婆志士百年名節重一蓑且復卧煙蘿

暮春順則宅宴集和羅國芳韻

千尺蒼松瑣翠岩兩竿初日射晴嵐山人結屋深相對詞客過門得共談酒送餘春杯滿百月明歸路影成三暫時相賞攄懷抱莫訴邊城野戰酣

秋日

江上秋風吹布袍滿林敗葉暮蕭騷雲沈雁信人千里雨答蛩聲客二毛汗馬功名知命薄蠹魚文字漫心勞十年辛苦成何事贏得一貧聲價高

哭邊權少府新淦邊權尉六合兵亂棄官歸去年始與余締交甚相親未幾避地渝上適與館人難死焉

往年把酒楚山秋歎息相逢總白頭梅福吳門聞久去禰衡江夏為誰留血凝寶劍精靈在氣貫晴虹魑魅愁

鄉國衣冠轉憔悴招魂何處淚空流

曹居貞先生求挽詩自述墓志

老子懸車尚黑頭中堂進士晉風流延年好待桃千樹觀化深知貉一邱墓碣自題成早計儒冠不改配前修郎君愛日情如海春滿航船任拍浮

東羅伯英庚寅辛卯年間余與伯英俱客桐江上時有賓從甚盛自兵亂十四年惟余伯英重到不能無重感焉

大藥霜髭竟不還白魚無計滿千仙别離歲月落花雨

歌舞樓臺芳草煙世事榮枯分一日人生感慨萃中年
劉郎恨滿元都觀重到題詩共幾篇

乙巳夏五月茶陵永新兵奄至遂走淦西暑雨涉旬米薪俱乏旅途苦甚因賦詩示諸同行

白髮遺民真可哀途窮猶望北兵来關河割據将成讖
将相經綸豈乏材足繭荒山走風雨腹飢深夜吼春雷
主翁清曉催人發又報烽烟逼楚臺

重題禪寂院六月兵退重到禪寂見諸人留題悉為兵人所去而余與李文麟二詩獨

在因發一笑記昔有寒士殍於途官為檢覆件作唱云徧身無他故惟腰間有雪詩三十韻聞者絶倒余其斯人之徒歟故遂賦詩一首寄李且以示吾極上人

詩苦窮人人苦吟偶隨名勝到叢林畫龍點眼先飛去詠鳳求毛不用尋豪客尚能知李涉奸雄終不棄陳琳文章得意無今古讓與籠紗照碧岑

丙午元旦晴而復雨憶諸弟俱留於外情見乎辭

父老新年卜曉晴桃花春色照岩扃洗兵不厭東風雨戀闕長瞻北極星棠棣有詩空諷詠屠蘇無酒自清醒

揮毫對客書桃板白髮添多眼獨青

寄張九成不飲酒而多符術

山館聞君足自娛賦詩近日與誰俱樹侵釣石斜傾蓋雨定游絲小貫珠客主長年存醴酒鬼神清夜捧陰符溪邊舊約何時到愁絕天涯一字無

寄朱竹坡

久欲從君借竹看東風又長碧琅玕午陰坐久晴雲落夜漏眠遲白露漙韭葉連畦從料理菊花分徑共平安

洞簫一曲裁新管石上雙吹翠袖寒

聞郭怡有詩未及見因賦此以寄恨

一襟老淚點蒼苔誰信愁腸日九迴豪傑虛名多自誤弟兄急難竟誰来橋分溪路桃花落門閉山房燕語哀禍福情知相倚伏浮雲蔽日幾時開

和宋竹坡見寄

聞君近住崆峒下俗客不来長閉關得句徧題青竹上寄書曾到白雲間微風欹枕茶煙散晴日捲簾花意閒

舊約許尋須候我月明騎鶴過南山

和楊茂才間居

板橋通徑薜蘿深濃翠浮衣竹十尋啼鳥漸馴時近客歸雲不動似知心剪苔盤石移碁局添火香篝續水沈賦筆惟應潘岳好恨無樽酒與同斟

丁未人日

誤喜新年七日晴黑光盪日更分明陰陽原自相消長夷夏何能息戰爭高視山河分王氣不知金石載虛名

麯生廢涸交情絶看徧梅花晩獨行

和楊和吉二首

讀書頭白苦無多自判才名易滅磨耆舊凋零霜後木世情翻覆雨中荷數家烟火惟聞哭三月鶯花誰復歌薜荔繞垣茅屋小緣君開徑日相過

海棠雨外半含啼病起吟情嬾更題疋馬看花空老大還山采藥自幽棲欲尋仙館窺丹鼎曾借漁舟渡碧溪門巷總非初到日渚蒲汀柳望都迷

三月十六日訪宋竹坡不遇

門巷春陰緑樹遮重來不省是君家雲封山館半簾雨
水泛溪流萬片花王戴風流成故事吴張圖畫動中華
小童報主須留客湯沸銅瓶旋煮茶

和周愷并憶元達詞元達名浩余同宗又嘗同硯席丙午卒於溧水

一望吴山一斷䰟眼枯雙淚出還吞青雲事業終何補
白首交遊不忍言舊館空懷風雨夕新阡遥隔水雲村
謝池春草山陽笛未卜他生得共論

贈戴醫

舊約尋真海上山相逢長有好容顏一池伏火燒丹熟兩袖晴雲采藥還坐遣呻吟成語笑久拚名利换清閑頂門欲試金針妙白髮青燈我最頑

和周子愷中秋感懷見寄

樽前舊事逐飄風贏得衰年兩鬢蓬病骨五更秋氣入佳期千里月光同鄉關高興鱸堪鱠江海修程燕避鴻昨夜桂林重對酒看花雙眼霧濛濛

雲屋為龍叔起賦

挂冠歸去雲為屋又似鴻濛未判初竹送清陰隨杖屨
窓涵微潤入圖書閒雖疑與仙家近放鶴多令舊客踈
何事劃開天宇淨醉攀明月抱清虛

客館書懷

曉鏡形容莫不同控摶人事更匆匆端相舊壘去年燕
斷送殘花昨夜風易播共憐交誼重依劉寧為旅途窮
世情近日皆非舊始悟相逢是夢中

春望戊申年間作

飢烏磔磔伴啼鴉倦倚東風兩鬢華避地每如巢幕燕
論交誰辨酒杯蛇雲遮望眼迷芳草雨動離愁怨落花
懷抱一時何處寫甕頭春酒不須賒

答楊和吉韻

白髮侵尋莫景來掃除無策覆空杯江山每與愁俱到
風雨不知花盡開往事漫存元祐迹少年何羨洛陽才
惟君於我過從近稚子朝朝掃綠苔

郭尊師至安堂

道人極目立蒼茫歎息紅塵去路長車折秦關投虎口馬窺蜀棧戰羊腸海天鶴送仙書到石洞花分春酒香寄語往来名利客不如學道至安堂

代贈峽江王廵檢

将軍仗節鎮巴邛虎豹深藏山水幽草露洲長朝試馬柳風波細晚迴舟岳飛曾作千夫長李廣終期萬户侯且訪南鄰讀書客論詩説劍自風流

訪友人别墅

陰森萬木曉蒼茫路轉山腰問草堂池湧漫波萍葉散窓涵細雨橘花香讀書程度輸年少中酒心情厭日長公子飄飄才思濶何妨高詠伴滄浪

劉潤芳馴雉助祭圖

掃葉秋風牢樹寒頻令馴雉識衣冠孝心冥感飛相近禮數今存留獨看人散應同翁仲語地靈長羡子孫安紅翎翠羽開圖畫我亦緣君激肺肝

代贈

詔須大邑縣符新君領除書第一人聖代秪今吏治优
大賢於此展經綸信臣寛厚恩如父黄霸嚴明政有神
氣轉洪鈞生意早棠梨花發滿城春

送李子高遊金陵

吴中八絶冠羣材楚楚芳年君又来得酒醉飛鸚鵡盞
題詩先到鳳凰臺天迴北斗星辰近地盡南郊道路開
信是皇州春色早好將紅杏倚雲栽

送劉叔亮兵後歸清江

風塵荏苒鬢毛斑鄉夢無時到故山去國每憐王粲老
攜家今見管寧還松深先隴寒烟外草滿荒庭夕照閒
不用人間多感慨梅花春色破愁顏

送費吉水

五馬遥臨白鷺洲光榮全勝古諸侯滿城秋雨聞絃誦
夾道春風露冕旒東觀天髙鵷鷺並中臺地迥鳳凰遊
歸朝明日承恩早玉笛催班第一流

己酉元日

往事悠悠不足論細看桃板舊題存青山樹繞千年屋白髮人看五世孫側注曉容驚破帽屠蘇春色醉深尊歸雲更是無心者借我長封谷口門

送孔貫道應賢良徵辟就謁孔林

詔下江南選俊良君行千里似還鄉淮河天近魚龍會闕里春回草樹香一代又論新禮樂千年仍覩舊宫牆仲舒三策陳王道文獻承家好激昂

和胡濟見寄

雨後溪雲冉冉生夕陽蛛網一絲晴山環老屋杉松合水滿平田鶩鴨鳴老去客程憑酒力愁邊春色減詩情文章伯仲真吾友莫怪兒童不識名

和李士周韻

春雲乘雨午橋陰病眼看花負夙心漢水盡堪添綠酒燕臺何得築黃金手攀楊柳曾親種路出桃源不易尋畢竟知音眼前少塵埃三尺暗桐琴

寄李亨衢

君任仙壇歸路遥人間塵慮盡氷消微風半脱烏紗帽明月閒吹紫玉簫出水芙蓉鳴翡翠繞牆薜荔護芭蕉日長應共羅浮客時復松花酒一瓢

贈驛吏

筮仕何論占甲科獨君於此閲人多海舟夜泊藩臣至官馬晨嘶天使過微禄暫能淹歳月好音原不阻關河時来得遇憐才者早振朝衣上禁坡

題安樂何心淳草堂舊隱

草亭亭上舊曾遨窓户憑高結構牢濃翠入簾春雨竹亂紅飄席曉風桃功名前輩遺鴻爪文采諸孫有鳳毛萬事目前無所與惟應對客醉揮毫

贈金守正

六月松陰坐紫苔得書頓使好懷開離愁百斛如雲散凉意一襟隨雨来玉笋天清長在望金洲春盡每思回高懷又作秋風約不限金錢問酒杯

答張九成韻

自信功名骨相寒，西風長笑倚闌干。醉劉不用攜長鍤，盲夏惟應著小冠。遠寄高吟諧律呂，何由並駕接和鸞。楚山歸鳥憐毛羽，栖息一枝何處安。

贈別宋仲觀

梅花江上雪意殘，獨行遠道何當還。大江風微五兩靜，虛館日高雙陸閒。十載論交傾意氣，一朝送別凋容顏。坐歌激烈我何有，明日射虎歸南山。

和酬宋竹坡韻

寄詩問我山中事性嬾家貧一事無春甕酒香梅未落
午牕夢起鳥相呼舊来叔夜交游絕老去文通筆硯枯
鷗社共盟君未棄何須馳志向伊吾

和酬李潛

世路邅迴莫景移老懷無託廢題詩朱顏棄我辭杯滿
青眼看書下筆奇雨暝茶煙侵竹潤春寒香霧出簾遲
地偏每恨交遊少何日能来慰所思

和酬黄用泰

思君不見待君吟何許蓬萊聞妙音孫綽遂初先作賦蘓秦未遇晚多金閒看歸鳥暮雲合欲渡滄江春水深惟向層樓窮望眼可能無策剗西岑

和袁寅亮進士見寄

白髮禁春愁奈何當年只合卧烟蘿山中老屋歸來早扇外飛塵感慨多意薄功名隨夢散交遊道誼自心和兩君文采真連壁枯槁長懷挹楚波

得月樓為陳與京賦

得月樓前春水寬玻璃萬頃接闌干光涵銀漢虹橋迥
影動金波貝闕寒緑酒千鍾人上鶴紫簫一曲女乘鸞
遥知貳館還相近玉臂清輝好共看

和彭允迪見寄

佳句聞君勝舊時珊瑚出海日交枝十年客路迷陳迹
千里雲山繫所思橐罄黄金難得酒窓添新竹倦題詩
近年轉向世情薄晴日滄江理釣絲

靜思集卷八

欽定四庫全書

靜思集卷九

元　郭鈺　撰

詩

辛亥秋詔舉秀才余以耳聾足躄縣司逼迫非情因成短句

恭承丹詔網羣材臥病空山百念灰晉代徒聞三語掾漢廷何待兩生來天閼虎豹應難得雲錦衣裳不易裁

寂寞西山雙鬢雪獨能永夜望三台

和羅養蒙見寄三首

君歸舊隱得安居晝獵南山夜讀書雞唱窗前舞長劍馬嘶花外駕輕車每逢二仲回青眼已辦千仙醉白魚風致飄脩鷺坐客相思不見獨踟躕

詞林文物早知名對客揮毫思不羣梁震每稱前進士灞陵誰識舊時軍清談竹下霏晴雪迮坐松陰管白雲見說主翁歡意洽酒酣長共夜論文

文章早歲愧盧前心死如灰復不然魚目混真非易識驪珠出海事虛傳飛鳴何敢分鵷鳳枕漱惟應近石泉幾度打頭風雨惡碧桃紅杏自年年

和黄用泰見别

雙井詞源流派遠諸孫文采邈難攀芝蘭晴日庭階外花柳春風杖屨閒白髮往來愁客路青山歸去掩柴關却怪溪流離恨滿寒聲永夜響潺湲

石洞道中

天風蕭蕭吹布袍上山下山忘我勞江聲忽隨小橋轉
秋色不讓南山高荒山春米水為碓懸崖取果人如猱
茅簷老翁迎客笑畏途跋涉多賢豪

寄王進士伏覩前鄉貢進士王禮子讓所刻長留天地間集辱收謬作厠其間心竊愧焉而誤名為昂因筆寄意二首

車蓋歸來鬢雪深將來高興托詞林著書谷口雲封屋
吹笛山陽月滿襟千古文章關氣運幾人心力費光陰
閒來朗誦長留集尚想西歸問好音

老去羣書逐夢忘青燈白髮夜淒涼平時誰信班生筆
落日空懷陸氏莊天爲國家生俊傑地居臺閣盛文章
鄙夫空谷逃名久不謂人間有郭昂

寄贈皇厓壇劉鍊師壇下溪中出石白如水晶

神仙宮館近青冥紫翠峯巒開畫屏日射水晶江石白
雲封琥珀嶺松青虎司丹竈知留訣鶴立瑤臺聽說經
相約安期今夕至靈封遥想滿虛櫺

聞桂林牡丹盛開

臺甓重歸剪棘榛穠華自不負芳辰共承桂樹九霄露已見我家六代人膩粉露寒初試曉醉紅雲暖欲嬌春遥知賔客多懽賞誰在題詩筆有神

寄劉囦

自從南國息干戈江海聞君得意多騎馬春迴桃葉渡吹簫夜和竹枝歌離愁雁信雲千里老境漁舟雨一蓑大藥無資長卧病東溪何日得重過

哀楊和吉

重到西亭泪自垂更從何處共襟期看花馬上春雲散種柳門前秋雨悲仙客已聞遺橘井故侯猶待館羅池茫茫天壤名長在賴有灤京百詠詩

病目寄宋時舉

丁丁伐木最關情病起秋風畏客程隔霧看花生眼纈誓天止酒閑愁城荒村茅屋白煙起落日楓林紅葉明青壁丹崖長在望竛竮瘦影獨心驚

寄李少府

學仙不向吳門去百丈詩壇主舊盟白雪寒添巾下滿綠雲情繞筆間生香分芸草茅齋小夢入梅花紙帳清竹下每聞賔客滿我來何日酒同傾

壬子八月余病目至十月劇甚因掩半驗明則右者已盲因自笑戊申歳右耳病聾庚戌右脚患軟病今右目又喪于朝家為半丁不求廢而自廢矣强賦短句寫寄中和及仲簡

自從白髮病侵尋涉世方知憂患深吹面塵沙須眯目

求名文字少灰心舊書盡賣惟留劍好酒能除據學琴

樗散獨存天所賜從今肆志卧雲林

萊陽郭方中云先世自麻岡分派嘗仕前朝今適

跡畝畝至徵詩余以同志歌以贈之

老我還山始學耕鉏犁不辨畝縱橫坐分午餉田烏狎

預卜年登野鳥鳴訓子但求名姓識輸官寧使斗升贏

聞君亦作歸休計好是吾家舊弟兄

癸丑首正

雨絲寒織暮江煙春酒杯深琥珀鮮盲廢倦題新甲子
醉來謾説舊山川貞元朝士今誰在東郭先生每自憐
藥物酒錢償欲報惟逋詩債到新年

寄周文瞻主事

天柱峯前松十尋聞君結屋最幽深釣魚溪動雲生屨
放鶴風高秋滿林薙葉篆從兒學寫松花酒待客同斟
愁余白髮長相憶夜雨青燈空苦心

寄宋時舉

解劍贈君意不難劍光飛射斗牛間文章聲價誰能好
風月襟懷君最閒雲暖鳳和簫管響雨晴龍護珍珠還
崆峒原是神仙境萬丈丹梯不可攀

和答彭中和

羞澀空囊結客難何人雙璧立談間每瞻雲鶴知君到
却羨沙鷗似我閒攜酒溪山思共往捲簾風雨又空還
才名能下陳蕃榻寧許他人得再攀

暮春過羅伯源次韻

柳絲煙暖繞溪梁　四望園亭盡向陽　雨過半篙新水綠
風迴兩袖落花香　簾通香篆晴光轉　窗隱棊聲晝漏長
公子閑情最瀟灑　何時杖屨得徜徉

李竹簡往清江久而不歸因寄以諷

扁舟四月下清江　江水魚沈江路長　豈是信陵忘魏國
自緣朱邑愛桐鄉　煙中蒼樹官橋晚　雨外紅蓮水檻涼
惆悵諸公頻問信　秋風漸次到秋堂

同王志元賦戴存節秋圃堂

君家舊屋我曾到，秋圃新堂今始聞。種菊編籬乘細雨，攜琴移席候晴雲。無錢陶令懷清節，衣錦韓公樹大勳。碑記好邀劉處士，細論出處著高文。

諶堂賞菊

繞庭種菊色斕斑，想見陶家得此難。大白開黃原不俗，淺紅映紫兩相歡。微風香動秋容淨，清露叢深曉氣寒。賴有仙翁家釀熟，花前子細共君看。

和答坐客

簪花不惜鬢毛斑獨惜花前得意難風雨白衣憐客久
江山彩筆奉君懽蛾眉擁雪玉人暖仙掌擎秋金狄寒
是處西風著顏色未應長向故園看

春日有懷彭中和李仲簡

老懷久欲謝青春春到惟添白髮新對酒不辭今日醉
看花却憶去年人自知關羽終歸蜀誰激張儀遠入秦
遥想思鄉情更苦不應連夜夢君頻

和答彭中和

長向春山數别期春花次第報君知舟迴剡曲緣何事

劒合延平在幾時庭院暖風花氣入池塘微雨鳥聲低

甕頭酒熟邀誰共惆悵歸雲獨拄頤

和周子深

積雨空齋傷客心曉雲初散暮雲陰荼蘪池上香沈水

杜宇煙中愁滿林司馬倦遊勞遠夢休文多病廢新吟

遥知勝地登臨好酒量如今幾淺深

贈醫士劉良孟

移家久住大江隈種德堂深酒滿杯秋雨一林芝草長
春風千樹杏花開虎收新谷嵓前卧龍捧奇方海上來
嗟我素髭無染法若為攜手訪蓬萊

送別陳玉章南遊

文教重看被海澨發船撾鼓曉光遲黃茅瘴滿飛南雪
庾嶺梅開到北枝海舶得魚頻貫酒人家見竹遍題詩
好懷更約歸來早花柳東風二月時

二十六日晴過諶塘

布袍稍覺曉寒輕晴色偏饒雙眼明山逕黃泥攢虎跡寺門蒼樹掛猿聲重來誰與同心膽老去惟思避姓名枯柳橋邊曾識面獨迴青眼遠相迎

哭周子諒員外

士林憔悴泣相逢此語縁君意萬重蕙帳秋風鳴老鶴墨池春水化飛龍遥知臺省文章好不似山林意味濃重到滄江洲上路野煙荒草暗行蹤

池上亭

好是君家池上亭繞池芳草亂青青山童種菊開花遲
水鳥窺魚下柳汀詩句有時吟不盡酒盃連日醉無醒
綠陰添得黃鸝語六曲銀屛和淚聽

感寓

車馬門前久絶蹤紫闗長借白雲封人情翻覆殊無頼
心事依違遂漸慵愚惒一時彌子馬似真千古葉公龍
春花縱被春風誤老去山中始種松

問宋竹坡求剪絙羅花

叢叢紅紫錦成窠春色遥憐滿竹坡得酒漫能歌白紵看花猶愛剪紅羅根分后土冰霜晚潤浥中天雨露多好待春回寒谷早遲君花外共長哦

丙辰元日

歲日相逢兩丙辰把盃又屬丙辰人形容老醜鄉隣惟居止慵疎魚鳥親竹馬小兒如昨日梅花老屋羨長春諸孫催寫桃符板病眼孤瞠得句新

介坡詩為郭彦文賦

北山東下勢坡陀中有高人住介坡池浸暖紅花美影
窗涵濕翠竹成科心如鐵石偏能賦劍倚崆峒秪自歌
清節百年冰雪苦重逢徐邈問如何

挽清江劉中修

奮筆清江追二劉奈何垂老入西州兒痴竟累張爰死
母老誰爲禹錫謀風雨魂歸金石晚江山恨滿玉關秋
詞林頓爾成憔悴目送飛雲雙泪流

送別歐陽奎訪安龍與兼柬胡湜

明日開帆過豫章交親滿眼總難忘舊聞太守尊徐穉今見諸公說鄭莊雨映紅蓮湖水净雲連蒼樹楚山長省郎若到逢胡湜為覔鄉書寄數行

和袁方茂材秋夜宴集

下馬階除問錦幃羅衣花白縷金圍月明湖水龍吟細雲度吴山鴈到稀楊柳舞低牙板促木犀香滿羽觴飛袁郎自是風流客舊約秦臺願不違

奉寄歐陽文周

楚楚才華最憶君春山勝事遠相聞折花林動飛紅雨
洗硯池虛散紫雲到處能吟詩滿軸逢誰不識思超羣
山中舊約應能到定與論文到夜分

聖節

天門曙色曉爐煙宮錦春花簇綵旃日月龍章居北極
雲霄鳳吹奏鈞天獻桃王母顏如玉承露金人骨欲仙
遥想蓬萊移仗入侍臣應奏白雲篇

挽李心原徵士　五言長律

時清多士奮道屈哲人嗟伊昔敷文治如君實國華衣冠傾望族文字擷天葩蔚闕驅車遠吳山倚劍斜諸生親教授前輩倍寵加鵷表騰烏府薪歌載鹿車苦心抱冰蘖高興托煙霞老景期如蔗中原亂似麻漢宮思再覩周翣去難遮夜怨雲巢鶴寒啼宰樹鴉諸公紛誄筆賤子忝通家洒淚桐江上悲風咽暮笳

袁寅亮讀書深山萬木之中以避暑文瞻為賦長句因次韻以寄 七言長律

獨向陰崖結搆牢一時文采擅風騷雲間見客疑猶淺

山下人行望始高蒼樹窺巢馴鸛鶴翠藤結蔓挂猿猱

遥知高卧多標致何問長齋伐骨毛洗耳未應徒見許

攢眉但恐不容陶山僧進謁多題竹野老相過或獻桃

綿絶暫陳存故事棘闈嚴備遠周遭鑿平嵒罅安書籍

掃集松花釀酒醪醉後賦詩題石壁興來送客釣江皋

蘇門傲倪惟門笑康樂登臨豈憚勞雨霽傍松延薜荔

晚涼疏水灌蒲萄明朝使者求頑闔只此山中不用逃

靜思集卷九

欽定四庫全書

靜思集卷十

元 郭鈺 撰

詩

候吳植不至

相期林下宿呼童掃蒼苔蒼苔看又合美人殊不來

題分宜縣橋

雲從溪北生雨過溪南響溪上蓑笠翁倚闌看水長

日午

日午芳園歸欣然問主婦甕頭酒如何杏花開滿樹

茅屋

茅屋南山下細雨桃花謝清晨起梳頭鄰家作春社

漫興

春寒閑春閣酒醒春衫薄春去積春愁杏花雨中落

八月二十四日

鵲聲喧曉庭掃門獨延竚誤喜故人來竹籬墮腐鼠

春日過山家

簾外燕交飛天涯人未歸大兒新上學白紵自裁衣

重到山家

細雨長茶芽東風吹柳花行人今日到先自補窗紗

山翁勸酒

山翁勸我酒共指池上柳昨日東家春今日西家有

題龍旗墨梅

孤標開墨沼勁氣入霜毫謝庭春色好玉樹兩相高

二月十七夜夢為人作墨蘭

石闌瞰虛碧滿院蘭花開攬衣起結佩延坐待君來

吳姬别思

霜月五更殘如何去又還誤簪釵鳳小落在枕屏間

讀史四首

六國中深機三山使未歸轀輬車上夢受用鮑魚肥

險語迫飛霆將軍驚落箸明朝賣履人淚洒西陵樹

將軍方跋扈幾人願執鞭啼粧曉相對却為秦宫妍

恂恂謝玄微侃侃宋賓儀承家與謀國不競真吾師

宿鼇溪

投宿南山中驚魂帶餘怖忽聞鼙鼓聲夜鑿松風度

大州曉發

日高啼鳥散江轉斷雲遮向客説殘夢昨宵曾到家

題春江送别圖

君上孤舟妾上樓望中煙雨意中愁江波若會離情苦

一夜東風水倒流

八月初三夜對月

蛾眉斜剪銀光薄搗碎玄霜不成藥瓊樓夜鎖秋沈沈

一枕天風桂花落

四時詞 春夏秋冬四首

暖雲飛撲玉驄歸簾捲香風酒力微夜坐久憐明月好

細鋪花影繡羅衣

日射嫣紅安石榴波涵空翠木蘭舟美人調笑渡江去

半榻柳風甚不收

鶴認琪花欲下遲蓬萊仙客遣催詩情深寫到相思處
秋露芙蓉開滿池
踈林晴旭散啼鴉高閣朱簾窣地遮為問王孫歸也未
玉梅開到北枝花

訪龍長史不遇

鸚鵡窗深鎖翠寒松花不掃紫苔乾自將名姓題脩竹
延桂樓前第五竿

花前

花前曾共飲離尊青鳥西歸滅舊恩雙陸細敲紅日落
茶煙隔竹不開門
唾茸殘碧枕屏低香散銀篝翠霧迷只恐來宵春夢斷
誤他明月到窗西

題安成戴觀所藏崔徽圖

彩筆經營苦未工臙脂洗盡泪痕紅鏡中已少真顏色
何待他年認卷中

和王儀贈别

一曲秦箏春酒濃暖雲輕撲翠鬟鬆玉驄千里關門曉
鷓鴣數聲煙樹重

別阮士瞻

豆蔻春梢著小花玉人憔悴掩琵琶阮郎病起心情減
半榻松風自煮茶

題紈扇贈馬文學

好風吹雨過橫塘百尺夫容水檻涼封事草成秋滿榻
坐停紈扇愛花香

水東獨行

獨行山逕桐花落忽渡板橋溪水渾殘日背人低遠樹斷雲裏雨入前村

和宋五見寄

苦辭樽酒不同傾流水浮萍復有情今日江南望江北綠陰如雨鷓鴣鳴

尋人不遇

早望雲林意欲傾獨回江路鳥空鳴山童去後始知悔

追客橋西問姓名

題扇二首

柳樹晴虹隱畫橋藕花微雨過歸橈波光倒蘸紅樓影照見佳人弄玉簫

茅亭一箇竹編籬水鳥數聲風滿池吹面荷花微醉醒雪羅小扇坐題詩

春夜

香霧滿簾風不到花陰鋪地月斜明春寒策策春宵短

又聽鄰鷄第一聲

題訪戴圖

雪月樽前足笑歌到門何事不相過情知離合皆天意只恐重來白髮多

宜春贈別

微茫烟浪浦帆開一曲琵琶泪滿腮江水不如潮水好送人東去復西來

辛卯聞徐州警報

塞河詔下選丁男明日彭城野戰酣愁殺翰林歐學士
白頭騎馬望江南

題廬陵義士羅明遠傳後

淮海風迴戰血腥青原不改舊時青中朝將士論功賞
讓與江南一白丁

題分宜縣樓二首十一月初八日楚金敗績余被拘于分宜因有此詩寇中有談劉沔陽之事甚悉且亦以為口實

撲遬官曹論是非不知把釣老漁磯沔陽太守文章伯

賣卜城南竟不歸
獨宿江城夢故園一襟塵土滿啼痕老親不想癡兒在
剪紙應招客路魂

題梁使君太洲營

畫船撾鼓大江中兩岸旌旗獵曉風一點鴛鴦雲外落
將軍初試賜來弓

怨别

病起銀屏滿藥塵夜窗愁絶月窺人寒燈不作雙花喜

羅帕啼痕點點勻

獨行山中

七步潛行五步迴路通谿曲滿蒿萊青袍白馬誰家子
又向松陰喝道來

宿桐江野人家

松明火盡掩柴扃月影疎疎透短檽一枕秋風涼夜好
可憐獨向客中聽

城望

鼓角城頭落照懸客愁愁似五年前遥憐小弟攜家遠
一點飛雲望眼穿

發家信

寒硯敲冰帶淚磨故園消息近如何老妻不信愁深淺
歸日應憐白髮多

二月十三日

花陰轉午鵲聲喧忽憶庭闈捧壽尊亂後附書曾到否
也應賒酒共温存

春夜

路入故園知幾程小樓簾捲月斜明夢中不記遭兵火猶在海棠花下行

青梅詞

青青梅子故園春嚼破微酸帶淺顰誰信梢頭如豆小意中消息久懷仁

章臺怨

柳繞章臺萬縷金春風送別最傷心如今莫問長條盡

并與章臺無處尋

清明日過羅伯剛别業

梨花滿院讀書聲竹馬兒童自送迎共説東風吹雨散

山翁今日作清明

訪羅仁達不遇留題樓壁二首

一逕松風導入山老懷願托白雲閒白雲飛去他山宿

日暮雨來愁倚闌

翠壓山樓積雨餘花間酒暖煮溪魚提壺勸酒且須飲

頭白如今少著書

和宋五别後見寄

誤將鸜鵒教詩成每到人來喚姓名從此西園蹤跡少

萬絲烟柳鎖春晴

寄贈龍興諸寓公四首

舊著羣書費苦尋雲山回首負初心歸舟重到臨江驛

玉筍山前芳草深

抽毫史館會鳴珂老去光陰又幾何穮武不緣持節苦

燕姬嘯子媿人多
孺子祠前湖水東幾回清夜夢吳公白雲何事他山去
不管長封紫極宫
落日凭樓滿眼愁征帆無數下江州憑誰為訪淵明宅
細采秋英薦李侯

二月十七日有感 次首偶興

花匝疎篁水遶門幾回扶月醉西園青燈昨夜挑殘雨
空認春衫補舊痕

高柳著花懸紫烟歸舟離恨滿晴川六年杜牧傷遲暮
況復如今二十年

清晝

雀翻翠篠接飛蟲雨定游絲褪落紅漸老心情添懶慢
題詩多在緑陰中

感春二絶時館人在獄

萋萋芳草舊亭臺燕子啣愁逐處來春酒甕頭今日熟
桃花一樹雨中開

干謁傷懷去路窮鯨飛蛟舞楚江風家書寫到平安字始信吾師塞上翁

涼夜

竹外涼風留晚坐驚斷蛩聲山葉墮天河何處是雙星新月纖纖碧雲破

重題石洞

不筭歸程筭去程茫茫世事自傷情小樓昨夜不成寐飽聽松風與水聲

同周雪江題劉氏貞女詩卷

百年節義仗賢豪一死翻憐女子高不敢長歌題卷上
轉喉恐犯舊官曹

洞口人家

松樹迴環四五家機梭長日響咿啞西風裏得臙脂色
偏與籬東木槿花

和周子諒見寄二首

白露斜飛秋滿堂微寒先結鬢邊霜可憐枯折山園竹

猶自虛心待鳳凰

江上晴波動碧虛柳汀花塢抱村居男兒不佩黄金印

罷釣歸來只讀書

秋浦晚歸

芙蓉開後涉波頻落日迴舟獨愴神鷗鳥幾回相見熟

故穿菱葉避歸人

對月寄友人

相逢是處月嬋娟願托襟期共百年語盡人間離别苦

始知月白不長圓

重經旅館

交情如漆總難憑往事尋思白髮增門掩蠨蛸塵滿壁向來曾頓讀書燈

小樓

夢飛不到越溪頭空想鴛鴦戲彩舟昨夜小樓清似水雨聲添足十分愁

春莫飲田家

牡丹芍藥委蒼苔風挾餘香去復來二十四番都過盡
一樽獨對菜花開

四月十五夜對月感舊

早年蹤跡水萍浮垂老飃流未得休今日人情今夕酒
舊時月色舊時愁

妾薄命

孤鸞窺鏡剪情緣泪血沾襟十五年誰信舊時歌舞伴
相逢猶是妬嬋娟

四月十五日江上獨行因思去兩年憂患之日感

恨次舊韻

捘石滄浪竟不浮雲林自合早歸休漁舟點點前江去

載盡斜陽不載愁

六月二十九日觀雨

青山山下是吾廬六月丘園草盡枯憑仗西風吹雨去

官田今歲又添租

題墨菊

老圃風霜許見親緣誰盡改舊精神淵明不為陳玄在
怨殺元規扇外塵

收邊季德書

門外蓬蒿一丈餘病貧無怪故人踈午窗獨領松風坐
細讀邊郎寄遠書

醉後重題西雲亭

剪茅蓋屋竹編籬淺白深黄萬菊枝雲氣不煩將雨至
西雲老子政題詩

題卞與善梅花圖

騎驢灞橋烏帽側千里相思玉堂客夜窗酒醒月窺人
一掬精神炯如雪

題王楚善梅二首

百年孤幹長苔衣數點寒花映竹扉昨夜東風消息到
主人扶醉月中歸

江雲欲雪角聲哀冷蕋商量開未開記得玉堂揮采筆
萬花晴昊照深杯

題龍旗梅

硯冰敲碎碧雲殘蜂蝶無飛花意閒記得共尋林處士

娛寒清曉到孤山

桃花塢

蝶飛蜂繞野桃花香散牆西賣酒家漁棹誤隨流水遠

一庭紅雨夕陽斜

題鄒自春石屏巫山圖

一片屏間十二峯陽臺去路有無中半窗香霧籠寒玉

猶似行雲到楚宮

和金守正題墨蒲萄

馬乳垂垂白露溥瘦藤斜舞月光寒涼州萬斛尋常醉
回首西風紙上看

題鍾馗

老臣骨朽戀君王白眼孤瞠虛耗忙不惜錦裀兒睡暖
誰人更問繡香囊

晚秋過丁勗

竹外涓涓流水長讀書聲歇閉山房西園蜂蝶東園去
黄菊數枝高出牆

題羅秀實瑞粟圖

粟分五穗效禎祥不敢移根獻廟堂聖主得賢為上瑞
畫圖聊付子孫藏

壬子正月雪中自從姪九畹家歸

擔簦山路挾餘酲急霰琮琤遠送迎絶勝泛舟湖上月
琵琶一曲襍秦箏

春日

花氣熏晴春晝長一池水影舞迴廊好風賺得松醪熟開遍數枝山海棠

寄鄒自春

樓閣美酒滿銀壺樓外好山開畫圖上學郎君書早讀丁寧汲水灌菖蒲

閏十一月朔日山路見梅

蓓蕾微傳春信真幾迴夢想玉精神不知月落參橫處

猶有孤眠惆悵人

乙巳年余避地彭老家還再過之倐爾十年而人

改物换可感者多矣因賦

舊題塵暗小樓間花鳥庭空白日閒鳥自不鳴花自落

客愁何得不相關

贈别

醉挽征衫折柳枝柳花飛處不勝悲東風過後西風起

待得青條又幾時

閨怨

粧臺塵暗鎖愁着瘦倚東風似柳枝又恐侍兒催問藥只言蠶早葉歸遲

春夜飲

蠟光紅射酒盃霞夜久窗虛月透紗詩筆醉拈如有助暖風吹動瑞香花

道逢陳玉章

山色川光作雨晴花陰滿地囀黃鸎去年酒伴今何在

邂逅陳郎笑獨行

望江

盡把離愁種驛亭春風吹入草青青傷心爲問行舟客東過清江停不停

三月初五日偶題

嬌鳥籠中晒緑衣雄鳴高樹不思歸去年寒食今年夢曾向西樓共學飛

山客少憩

松下蒼苔掃復生籠中嬌鳥寂無聲東風幾度傳花信
偏遇春陰不遇晴

題李次晦鄧瘍醫詩卷

颯颯秋風落葉深轆轤寒甃帶哀音李侯瘡癖君能療
老我柴門獨捧心

春日憶蕭韶二首

雲歸長宿北山頭誤逐東風過小樓帶得舊時蕉葉雨
數聲敲碎客中愁

飛飛燕子楚天涯華屋春穠不似家遥見日長吟思苦
獨看紅杏落殘花

寄遠

萬點飛花風外過紅埋泥土白隨波閒愁散與傷春客
君在江南想獨多

感事二首

雨過汀沙失舊痕春寒鸚鵡悶無言楊花春水成萍葉
踪跡猶難到故園

依稀舊館綠楊舟不見羣鷗見水流白髮青燈孤負盡
至今猶自替人愁

上巳日與周公明經蕭韶讀書處

四海交遊老盡非如君年少又相違申明亭下煙花暝
惟有泉流送客歸

春日過山家題羅帕

冰絲縷縷繫深恩青鳥飛來每斷魂留得薔薇香易滅
只從燈下認啼痕

無題

遊絲風暖颭飛花窈窕簫聲隔采霞畢竟神仙難換骨
自分丹火煑胡麻

有感寄宋五二首

春夜清濃夢覺空爛柯不省遇仙童人間翻手恩成怨
無怪襄王憶夢中

畫樓煙暖杏花晴羅綺春嬌按玉笙水調未成翻越調
枉勞書信問鶯鶯

和蕭伯章春夜倚樓

雲度松梢月半陰懸崖倒掛白猿吟倚樓數遍傷心事
風雨故園春草深

寄歐陽文周

芳草春烟鎖故廬泊舟南浦近何如客囊共許黃金盡
欲問平安但寄書

題石壁

石壁題詩刻翠苔感時傷別壯心摧沈園記得前生到

酒散花陰月滿臺

題撇蓬圖

踈莚淡籠斜月橫梢低照寒流清意是誰領畧除非訪戴王猷

候吳植立不至

捲簾春睡初足上馬午陰半斜人别斷烟踈柳鳥啼殘雨落花

詞一首

摸魚兒　和彭中和雙頭菊

壓秋香並肩如舞情緣天似相許結根自是孤高者何乃含嬌凝竚似秦女乘鸞仙袂凌風舉精神清楚便帶綰重金環連疊勝心事自相語　情深處此事人間最苦多少蝶來蜂去蘋婆拚命同生死尚恐翻雲覆雨休折與笄太液芙蓉不到人間覩傷今懷古想牆裏笑聲西流水紅葉謾題句

銘一首

席門銘

剪秸編茅高揭為門獨當一面出入道存雖樞機之不密而經緯之有倫雖闔闢之不時而卷舒之由人隔風埃其晝靜鼓冰雪而春温吾常啟甕牖敞蓬軒擊土鼓斟窪樽對老親而起舞披百結之懸鶉亦不知玉堂之為貴綉闥之足云也百年逆旅睥睨乾坤忽長者之過我遂一笑而忘言

靜思集卷十

總校官進士臣程嘉謨
校對官編修臣許兆椿
謄録監生臣余兆錫

圖書在版編目（CIP）數據

静思集 / (元) 郭鈺撰. — 北京：中國書店,
2018.8
ISBN 978-7-5149-2111-3

Ⅰ. ①静… Ⅱ. ①郭… Ⅲ. ①古典詩歌 – 詩集 – 中國
– 元代 Ⅳ. ①I222.747

中國版本圖書館CIP數據核字(2018)第084847號

四庫全書·别集類

静思集

作　者　元·郭鈺撰
出版發行　中國書店
地　址　北京市西城區琉璃廠東街一一五號
郵　編　一〇〇〇五〇
印　刷　山東潤聲印務有限公司
開　本　730毫米×1130毫米　1/16
印　張　24.125
版　次　二〇一八年八月第一版第一次印刷
書　號　ISBN 978-7-5149-2111-3
定　價　八八　元

圖書在版編目（CIP）數據

鳳池吟稿 / (明) 汪廣洋撰. — 北京：中國書店，2018.8

ISBN 978-7-5149-2115-1

Ⅰ. ①鳳… Ⅱ. ①汪… Ⅲ. ①中國文學－古典文學－作品綜合集－明代 Ⅳ. ①I214.82

中國版本圖書館CIP數據核字(2018)第084844號

四庫全書·別集類

鳳池吟稿

作者　明·汪廣洋 撰
出版發行　中國書店
地址　北京市西城區琉璃廠東街一一五號
郵編　一〇〇〇五〇
印刷　山東潤聲印務有限公司
開本　730毫米×1130毫米　1/16
印張　17.5
版次　二〇一八年八月第一版第一次印刷
書號　ISBN 978-7-5149-2115-1
定價　六八　元